석학
人文
강좌
42

영국소설을 통해 본
영국신사도의 명암

석학人文강좌 42

영국소설을 통해 본 영국신사도의 명암

초판 1쇄 발행 2014년 4월 28일
초판 2쇄 발행 2014년 12월 10일
지은이 서지문
펴낸이 이방원
편   집 안효희 · 김명희 · 조환열 · 강윤경
디자인 박선옥 · 손경화
마케팅 최성수
펴낸곳 세창출판사
출판신고 1990년 10월 8일 제300–1990–63호
주소 120–050 서울시 서대문구 경기대로 88 냉천빌딩 4층
전화 723–8660
팩스 720–4579
이메일 sc1992@empal.com
홈페이지 http://www.sechangpub.co.kr

ISBN 978–89–8411–468–5 04840
        978–89–8411–350–3(세트)

이 도서의 국립중앙도서관 출판시도서목록(CIP)은 서지정보유통지원시스템 홈페이지(http://seoji.nl.go.kr)와
국가자료공동목록시스템(http://www.nl.go.kr/kolisnet)에서 이용하실 수 있습니다. (CIP제어번호: CIP2014012692)

석학
人文
강좌
42

영국소설을 통해 본
영국신사도의 명암

서지문 지음

세창출판사

    세계의 주요 문명권들은 모두 그 사회를 지배하고 이끌 이상적 인간형을 설정함으로써 지배체제를 정립했고 질서를 확립했으며 문화를 이루었다. 이 이상적 인간형은 그 사회의 삶의 조건에서 가장 필요로 하는 덕목의 집합체였고, 그 민족의 지향점과 가치를 반영하는 것이었다.

    서양에서는 희랍의 영웅, 로마의 '남자'(vir), 앵글로 색슨 족의 왕(족장), 중세의 기사, 르네상스시대의 '궁정신하' 등 시대를 따라 조금씩 내용을 조절하면서 그 역사사회적 상황에서 그 사회에 가장 이롭고 가장 필요한 자질을 이상적 인간형의 속성으로 상정함으로써 지배자의 권위를 높이고 백성을 순치했다. 극동에서는 물론 대표적으로, 그 이상형의 체화가 존재이유이자 목표이자 가치였던 '군자'가 있었다. 그 군자가 조선에 들어와서는 '선비,' '양반'이 되었다. 인도에서는 브라만, 불자가 탄생했고, 일본에서는 잦은 전란 속에서 태어난 '싸울아비'가 유교의 충효사상을 만나서 '사무라이', 즉 무사가 되었다.[01]

---

01   중세 일본어의 어원이 고대-중세 한국어라는 주장을 따른다면.

그러나 물론 그 이상형 인간의 덕목을 체화해야 할 지배계층이 그것을 언제나 실현한 것은 아니다. 통계를 내는 것은 불가능하겠지만 '이상형'이 그야말로 '이상의 인물형'이므로, 해당 지배계층 중에서 그것을 완벽히 체화한 사람은 0.1%도 못 되었을 것이다. 과거에는 이들이 권력을 독점하고 있었으므로 관념적으로 백성에 대해서 지도자, 보호자, 어버이였지만 현실적으로는 자주 착취자, 학대자였다. 그러나 또한 지배계층은 아주 노골적으로 그런 이상형을 비웃고 제멋대로 산 인간이 아니라면(불행히도 이런 인간은 너무 많았지만) 그런 이상형에 다소라도 근접하려고 노력하였을 것이고, 그것이 그들 자신의 자존심과 품위를 높여주고 그들의 지배 하의 민중들의 삶을 개선시키는 효과가 컸을 것이다. 물론 이 과정에서 위선의 양산은 불가피했지만 지배계층에 심리적 부담이라도 주는 이상형 인간상이 존재하는 사회와 힘을 가진 자가 아무런 이념적 제약이나 수치심 없이 마음껏 힘을 행사해서 자기 욕망을 채우는 사회의 차이는 하늘과 땅의 차이가 아닐 수 없다.

필자의 생각에는 영국의 '신사'가 이상적 인간형이 최대의 순기능을 내었고 최소의 역기능을 내었던 성공적인 사례가 아닌가 한다. 그것은 영국민의 내재적 우월성 때문이 아니고 신사계층의 자격과 생존조건, 그리고 영국사회에서의 신사계층의 위치에 기인하는 것이었다. 영국은 섬나라이기 때문에 외족의 침입에서 비교적 안전하다는 이점과 함께 신사가 그 사회의 중추라는 조건으로 인해 사회의 안정과 국민의식의 발전이 있었고, 그의 대표 브랜드 '신사'를 앞세워 전 세계에 걸친 제국을 건설할 수 있었다.

'신사'와, 그 대칭인 '숙녀'는 영국소설의 필수소재이기도 하다. 영국소설에서 가치의 기준이 되는 것이 신사도, 숙녀의 도리이다. 대부분 영국소설은 등장인물들이 (수많은 제약과 장애에도 불구하고) 이 가치를 얼마나 잘 수호하고 실현하는가를 분석, 검증하는 과정이라고도 할 수 있다. 수많은 작가들이 신사사회의 가치를 영국적 가치와 동일시했다. 그래서 영국소설에 나타난 그 모습을 통해 '신사'의 정체를 밝히고 신사도의 본질과 발현양상, 그리고 영국사회와 역사의 발전상 긍정적인 효과와 부정적인 효과를 계측해 보는 것이 이 책의 목표이다.

2014년 4월
서 지 문

제 1 장

—

신사도의 연원:
영웅으로부터 기사로,
기사에서부터 신사로

일본을 제외한 동양권의 이상형 인간이 글쟁이를 조상으로 하고 있는 '책상물림'인 반면에 서양의 신사는 칼잡이를 조상으로 하고 있다. 서양의 이상형 인간은 대개 전쟁을 배경으로 탄생했고, 전쟁에서 용맹을 발휘해서 전쟁을 종식시켜서 평화를 회복시킨, 그리고 다시 전쟁이 난다면 적을 물리치고 백성을 보호해 줄 인물이었다. 서양문명에서 최초의 이상형 인간형이라 할 만한 희랍의 '영웅'은 반드시 인격이 고결한 인물은 아니었다. 비열하지는 않았고 악한이나 괴수(怪獸)를 퇴치해서 많은 사람에게 큰 혜택을 주었지만 인간적인 약점이나 결함에서 자유롭지 않은 인물이었다. 신화적인 용사 헤라클레스는 급한 성격 때문이기는 했지만 순간적으로 분개하거나 어떤 오해를 하게 되면 죄 없는 사람을 죽이기도 했고 (그러나 곧 진심으로 후회했고 기꺼이 참회했다) 희생정신이나 관대함이 뛰어난 인간은 아니었다. 그러나 무지막지한 시련을 견뎠고 자기가 견딘 고통이나 고난에 대해 불평을 하는 성격은 아니었다.

희랍의 영웅들은 신화에 나오는, 자기에게 미로에서 나올 수 있는 지혜를 제공해 준 아리아드네를 배신하고 섬에 그대로 남겨두고 온 테세우스나, 총애하던 소녀 브리세이스를 아가멤논에게 빼앗기고 급박한 전세 속에서도 전장에 나가지 않고 자기 텐트에서 심통을 부리는 아킬레스 등 매우 인간적인, 고매하지 못한 영웅이었다. 아킬레스는 또 적의 총 사령관인 헥토르를 (전쟁에서 정정당당한 대결에서 죽였는데도) 자기의 절친한 친구이자 동성애적 연인인 파트로클루스를 죽였다고 해서 그를 죽인 후에 시체를 마차에 매달아 성 주위를 다섯 차례나 끌고 다니게 할 정도로 잔인하고 배려나 아량이 없는 인물이었다. 그러나 그 또한 한번 마음을 먹으면 초인적인 무용(武勇)을 발휘하고 큰 고난도 감내할 수 있었고 온정도 베풀 줄 알았다. 트로이의 용사 중에 메넬라우스처럼 자기 마누라를 남들이 피흘려 되찾아주기를 바라는 인물도 있는 것을 감안할 때 《일리어드》의 주인공으로 3000년간 경배를 받아 온 아킬레스는 영웅이었다.

실존인물이었던 알렉산더대왕 역시 마찬가지이다. 자기의 영광을 위해 끝없는 정복전쟁을 벌였던 그는 성격적으로는 예측불허였지만 웅대한 스케일의 사나이였음은 틀림없었다. 그는 당시의 세계에서 전리품만큼이나 민중들이 갈망했던 '영광'을 풍성히 거두어 배분했다.

희랍에 이어 지중해세계의 지배자가 된 로마 역시 기독교적인 것과는 많은 점에서 상치되는 덕목을 기렸다. 로마의 '남자'는 야심가였다. 그는 되도록 배신을 하지 않았지만 그러나 신의(信義)를 위해 모든 것을 바치지는 않았다. 로마의 '남자'는 자신의 영광을 위해서, 공적인 업적을 위해서 어려운 일에 도전했다. 그에 대한 평가는 그가 어떤 지력과 담력으로 로마에 어떤 이득을 주었느냐가 좌우하는 것이었다. 줄리어스 시저가 대표하는 로마의 남자는 지략이 뛰어나며 또한 부하들을 거느릴 줄 알았고 (이 말은 부하들의 공로를 인정하고 보상하는 데 결코 인색하지 않았음을 의미한다) 궁극적으로 공적인 선을 이루어야 했다.

그래서 이런 희랍, 로마의 영웅들의 덕목을 이교도적인 미덕(pagan virtue)으로 일컫는다. 역경을 수용하고 인내하며 자기희생적인 기독교적인 덕목이 아니고 자기성취적인 색채가 강한 덕목들이다. 그리고 기독교의 전파와 함께 이런 '이교도적'인 덕목은 공식적으로 찬양되지는 않았으나 기사도의 중요한 구성요소가 되었고 신사도에도 그 자취를 분명히 남기게 된다.

고대 영국

영국에도 일찍이 이교도적인 덕목, 이교도적인 영웅상이 존재했다. 희랍 로마의 영웅상과는 얼마간 차이가 있는 영웅상이었다. 기원전 55-54년 줄리어스 시저(율리우스 카이사르: Julius Caesar)가 영국을 정복했을 때 영국에 살고 있던 사람들은 브리튼(Briton) 족, 영국을 '브리타니아(Britannia)'로 불렸다. 브리튼 족은 단일민족이라기보다는 여러 부족들의 집합적인 명칭인데 그 중의 드루이드 족을 시저가 '갈리아전기'(Commentarii de Bello Gallico; The Galic War, B.C. 52-51 저술)

에서 산 인간을 제물로 바치는 야만인들로 소개한 까닭에 영국의 토착민은 당시 문명세계에 야만인으로 인식되었다. 그러나 스톤헨지의 태양거석유물을 보면 그들은 나름 고도의 문화를 이루었을 것으로 짐작할 수 있다. 어쨌든, 브리튼 족의 문화나 학문에 대해서는 오늘날까지 남겨진 자료가 희소하고, 우리에게 그 문화가 알려진 민족은 고대영어의 시에 등장하는 현 영국인의 조상인 앵글로 색슨 족이다. 로마가 영국에서 철수한 410년경부터 북부 독일, 덴마크, 홀랜드 등지에서 영국으로 이주(침략)한 게르만 계통의 색슨 족, 앵글 족, 주트 족 들은 4-7세기에 영국에 정착했고 처음엔 전쟁신 등을 섬겼으나 점차 기독교를 받아들여서 기독교화 한다.

이들은 부족의 족장인 '왕'(cyning: 후세의 king)을 중심으로 무사의 문화를 이룩하고 살았다. 중세 유럽은 끊임없는 부족 간의 전쟁, 외족의 침입으로 민중의 삶은 불안하기 그지없었다. 따라서 성군(聖君)은 부하들에게서 존경을 받고 백성의 추앙을 받아서 부족을 잘 다독여 결속력을 다지고 외족이 침입할 때는 군신민의 단결된 힘으로 외족을 퇴치하는 인물이었다. 이런 왕이 된다는 것은 오래 남을 명성을 획득해서 위대한 왕, 용사로 영원히 기억되는 것이었다. 이것이 기독교 이전의 세계관에서 유일하게 불멸을 얻는 길이었다.

앵글로 색슨 족의 최대의 영웅시 《베오울프(Beowulf)》(8-11세기 사이에 쓰였을 것으로 추정)를 보면 기독교 전파 이전 고대 게르만 족의 영웅관이 잘 나타나고 있다. 이 영웅시의 주인공 베오울프는 자신의 용맹을 증명하고 명성을 사해에 드날리기 위해서 남의 나라의 무서운 재앙을 해결해 준다. 물론 인류애적·인도주의적인 봉사이기도 하고 자신의 용맹을 증명하는 의미가 크다. 그는 스코틀랜드에 사는 기트 족(the Geats)의 귀족 청년인데 바다 건너 데인 족(the Danes)의 나라에 재앙이 닥쳤다는 소문을 듣고 구해주러 가기로 결심하고 자기 나라 왕의 허락을 얻어서 부하 몇을 거느리고 북구의 얼음바다를 7일간 헤엄쳐 건너서 데인 족의 왕 흐로드가(Hrothgar)의 궁정이 있는 헤오롯(Heorot)으로 간다. 헤오롯은 데인 족 왕국의 수도로서 흐로드가의 궁정에서는 왕과 신하들이 매일매일 주연을 갖는다. 이는 쾌락의 흥청거림이기보다는 왕과 신하들이 결속을 다지는 일상적 의식이다. 그런데 호수에 사는 괴수 그렌델(Grendel)이 잔치소리가 싫어서 연회장에 침입해서 흐로드가의 신하들을 하나씩 죽여서 잡아먹기 때문에 온 나라가 피폐해지고 공포에 떨고 있었다.

베오울프가 나타나서 자기가 괴물을 퇴치하겠다고 하니 흐로드가 왕과 신하들이 환영하고 감사하지만 회의적인 태도로 비꼬는 신하도 없지 않았다. 어쨌든 베오울프는 그렌델이 동물이라서 무기를 사용할 수 없으니 공정한 대결을 위해서 자신도 무기를 사용하지 않고 맨손으로 대적하겠다고 한다. 그렌델이 무기를 사용하지 못한다 해도 무지무지한 동물적 힘과 치명적인 발톱을 가졌는데도. 베오울프는 맨손으로 그렌델과 맞붙어 싸우지만 그렌델을 제압할 수 없어서 애를 쓰는데 이를 본 베오울프의 신하가 칼로 그렌델을 내려친다. 그러나 그렌델의 가죽이 너무 두껍고 질겨서 칼이 베지를 못한다. 베오울프는 사력을 다해 그렌델의 팔을 당겨 팔을 뽑아내고 그렌델은 한 팔을 잃은 채 도망친다. 흐로드가 왕과 그의 신하들의 기쁨은 비할 바가 없는데 다음날 그렌델보다도 더 무서운 그렌델의 어미가 자식의 복수를 하러 나타난다. 궁정은 다시 공황상태에 빠지고 베오울프는 그렌델의 어미를 쫓아 호수 속의 그의 처소까지 들어간다. 거기서 필사의 사투를 벌이다가 그렌델의 어미를 처치하고 그렌델과 그 어미의 머리를 갖고 헤오롯의 궁전으로 귀환한다. 그가 모든 데인 인의 환호 속에 성대한 귀향길에 올랐음은 물론이다.

자기 나라로 돌아온 베오울프는 왕위에 올라 수십 년간 왕으로서 훌륭하게 통치한다. 그런데 그렌델을 퇴치한 지 50년이 되었을 때 베오울프의 나라에 용의 재앙이 발생한다. 베오울프의 신하 한 사람이 용의 동굴에서 보물을 훔쳐낸 까닭에 용이 노해서 불을 뿜으며 온 나라를 돌아다녔다. 베오울프는 자기가 용을 퇴치하겠다면서 용을 찾아갔다. 하지만 부하들이 용이 뿜어내는 불길을 견디지 못하자 자기가 혼자 용의 굴로 가서 용을 처치하겠다며 용의 굴로 들어간다. 용과 사투를 벌이는데 용의 불이 두려워 신하들은 도망을 치고 한 신하만이 베오울프를 돕는다. 베오울프는 용을 죽이지만 용이 뿜어내는 불길에 자신도 치명적 화상을 입는다. 그래서 왕은 죽고 국민들은 왕을 성대한 화장을 치르고 뼈를 묻고 거대한 봉분을 쌓아올린다.

《베오울프》는 10세기 말 집필설이 유력한데, 그 속에 담긴 사건은 아마도 5세기경일 것으로 추정된다. 그러나 영국에는 5세기 말에 기독교가 전파되었고 9세기경에는 전국이 기독교화되었다고 믿어진다. 그 때문에 '베오울프'에도 이교도적인 가치관, 세계관에 기독교적인 세계관이 혼합되어 있다. 주조(主調)는 물론 이교도적인 '영웅'의 용맹과 영웅적 행적이지만 괴수 그렌델과 그 어미를 사탄의 세력으로 묘사하는 곳 등에서 기독교의 영향을 볼 수 있다. 또한 하느님의 구원에 대한 언급도 있다.

앵글로 색슨 시가는 《베오울프》이외에도 《부르난부르흐의 전투(Battle of Brunanburgh)》, 《말덴의 전투(Battle of Malden)》 등 전쟁시가 있고, 전쟁에서 패배해 군왕과 동료를 잃고 홀로 떠도는 슬픈 나그네(Wayfarer)의 노래 등이 있다. 신의 섭리나 은총에 의지하지 않고 오로지 자신의 용맹으로 적과의 싸움에 임하고 싸움에 패했을 때는 인간적인 절망에 비통해하는 영웅들의 모습이 담겨 있다.

이토록 용맹하고 자존심이 강했던 색슨 족이었고 알프레드 대왕 등 훌륭한 지도자 하에서 강한 왕국, 고도의 문명을 이루고 살았지만 1066년 프랑스의 노르망디 지방에서 침입한 윌리엄 공(公)에게 정복을 당하고 노르만의 왕과 귀족 아래서 피지배민족으로 전락한다. 색슨 족의 복권운동이 있었지만 성공하지 못했고 색슨 족은 노르만 상전에게서 야만인 취급을 받았는데 13세기에 왕실이 노르망디의 땅을 잃어버리자 비로소 색슨 족과의 융화를 추구해서 색슨 족에 대한 처우가 개선되고 지배자와 피지배자 간의 화해가 서서히 이루어졌다.

아더왕과 원탁의 기사들

영국의 대표적인 기사도 문학이라면 두말할 나위 없이 '아더왕' 과 그의 신하들의 이야기이다. 아더왕은 6세기에 영국에 군림했던 실존의 왕으로 알려져 있지만 그와 그의 기사들의 이야기는 오랫동안 전해 내려오면서 신화, 전설적인 요소가 풍성히 가미되었다. 아더왕은 앵글로 색슨 족의 왕이지만 아더왕의 전설에는 중세에 유럽 대륙에서 크게 유행했던 중세 기사 로맨스적인 요소가 많이 혼합되어 있다. 사실 아더왕과 그의 원탁의 기사들의 전설은 영국에 일반적으로 보급되기 전에 프랑스를 중심으로 중세 유럽에서 널리 애송되었다. 중세의 음유시인들의 주요 레퍼토리가 되어 수많은 궁정과 회당에서 낭송되었고, 책으로도 읽혔다. 영국이 15세기 말, 국가를 안정시키면서 민족적 자존감을 고양하고 문화를 보급할 필요가 생겼을 때, 문화보급사업을 위해 인쇄소를 설립한 캑스턴(William Caxton)의 인쇄소에서 제일 먼저 찍어 낸 책이 맬러리 경(Sir Thomas Malory)의 《아더왕의 죽음(The Morte Darthur)》이었다. 영국민을 교화하고 민족적인 프라이드를 고취하기 위해 영국의 전설적인 영웅인 아더왕과 그의 기사들의 이야기를 찍어서 보급한다는 것은 더할 나위 없이 적절한 일이었다. 아더왕은 다만 전설적인 또는 가상의 왕이 아니고 제프리 오브 몬마우스(Geoffrey of Monmouth)의 《영국 왕들의 역사(Historia Regum Britanniae)》에도 등장하기 때문에 실존했던 인물로 믿어지고 있다.

출판 후 수세기 동안 영국민의 애독서였던 《아더 왕의 죽음》의 저자 맬러리 경에 대해서는 정확히 알려 진 바가 없다. 비슷한 또는 동일한 이름의, 위윅셔의 유서 깊은 가문의 후예로서 위윅 백작을 수행해 전공을 세우고 의회의원도 역임한 한 기사를 저자로 추정하고 있다. 그는 약 40세쯤인 1450년경 강도, 살인 미수, 성폭행, 갈취, 가축 약탈 등의 혐의로 기소되어 수차례 수형생활을 하다가 1471년에 감옥에서 사망했는데 그의 '범죄'는 당시의 지배층에게 공동적으로 적용될 수 있는 죄목인데 그의 정치적 입지 때문에 기소되었을 가능성도 크다고 추측되고 있다. 이 작품의 스타일은 구어체를 구사해서 생생하면서도 또한 장중함과 품위가 결여되지 않았고, 그래서 이 책을 수백 년 동안 영국국민에게 애독되게 했는데, (아마도 저자의 사후에) 이 책을 인쇄한 캑스턴이 챕터를 쪼개고 소제목을 붙이고 해서 오히려 이야기마다의 통일성과 특성을 저해한 점이 적지 않다. 그런데 1970년에 한 학자가 윈체스터대학 고문서실에서 놀랍게도 맬러리의 원 원고를 발견해서 오리지널에 가까운 책을 읽게 된 것은 행운이다.

아더왕과 그의 원탁의 기사들의 이야기는, 전술한 바와 같이, 맬러리가 저술하기 전에 영국과 프랑스에서 시와 설화로 널리 알려져 있었다. 맬러리는 이 풍성한 자료들을 수집, 종합·정리해서 이 책을 저술했는데 워낙 널리 그리고 상세히 알려진 이야기들이어서 (물론 세부적으로는 버전마다 차이가 상당했지만) 큰 줄기는 맬러리도 바꿀 수 없었다. 그러나 중세영국의 최대의 정신적 유산이라 할 수 있는 아더왕과 그의 원탁의 기사들을 드높은 용맹과 비범한 인격을 지닌, 또한 인간적인 허점과 결함도 지닌 인물들로 생생하게 살아나도록 했다. 제목이 《아더왕의 죽음》이지만 아더왕의 출생에서부터 집권, 패망과 죽음까지 다루고 있고 중간의 챕터들은 아더왕의 원탁의 기사 한 사람 또는 몇 사람을 중심으로 펼쳐진다. 첫 챕터와 마지막 챕터에서만 아더왕이 주인공이다. 그러나 아더왕과 원탁은 모든 기사들의 자기정체성의 중심에 자리하고 있다.

아더왕은 영국이 혼란에 휩싸였을 때 무력으로 여러 세력을 제압하고 왕이 된다. 그가 영국의 혼란상황을 평정할 수 있었던 데는 그가 (다른 사람은 아무도 뽑지 못했는데) 바위에서 뽑아낸 엑스칼리버 (Excalibur)라는 검이 그에게 하늘이 선택한 왕으로서의 후광을 부여했기 때문이다. (이 검은 물론 아더왕 전설의 중요요소로서 고주몽-유리왕의 전설에서처럼 왕의 아이덴티티를 보증하는 신분증 내지 표찰의 역할을 했고 이 책이 출판된 1485년에 왕권을 장악한 튜더왕조의 '천부왕권'의 상징으로 원용되었다고 볼 수 있다.)

아더왕은 영국을 분할하고 있는 많은 세력을 제압하고 복속시켜 통일을 이룬 이후에 전국에서 최고의 기사들을 '캐멀럿'(현재의 윈체스터 지역으로 추정됨)에 모아 거대한 원탁을 설치하고 그들 중 소유지가 빈약한 기사들에게는 땅을 나누어 주고 "절대로 극악한 행위나 살인을 하지 않고 반역을 피하며, 결코 가혹하지 않고 자비를 간구하는 자에게 자비를 베푼다. 그렇게 하지 않을 경우 그들의 명예와 아더왕의 신하자격을 영원히 상실할 것이며 언제나 숙녀와 처녀와 과부들을 구호하고 결코 그들을 성적으로 수탈하지 말아야 하고 이를 어길 경우에는 사형을 받을 것이고 또한 사랑이나 세속적인 재산 때문에 부당한 분쟁으로 전투를 하지 않는다"는 서약을 받는다.[01] 이는 한마디로 언제 어떠한 상황에서나 명예롭게 처신하며 우월적 위치에 있는 사람으로서 열등한 입장에 있는 사람에게 자비와 아량을 베푼다는 것으로 요약할 수 있다. 그리고 전국의 기사 중에서 뽑히고 뽑힌 최고의 기사 72명은 원탁의 기사로서 이 맹세를 지키기 위해 최선을 다한다.

그런데 이 아름다운 이상국가는 모든 기사 중에서 가장 용맹하고 관대하고 정의로운 기사와 왕비의 사련(邪戀)으로 인해 아더왕의 당대에서 멸망하고 만다. 사련이 기폭제였지만 사실은 '명예' 때문에

---

01 Cf. *The Morte Darthur*, p.27.

멸망한 것이다. (이 점은 '명예' 장에서 자세히 살펴본다.) 아더왕과 그 기사들의 꿈은 물거품처럼 스러졌지만 아더왕과 원탁의 기사들의 전설은 모든 서구인의 정신적 자산이 되었다.

기사들이 중추적인 지배세력이던 중세에 기사들이 과연 얼마나 기사다웠는가, 기사 중의 몇 퍼센트나 되는 기사들이 기사도를 실천하며 살기 위해 노력했는가는 단언하기 매우 어려운 문제이다. 당대의 문학에 등장하는 기사의 모습을 중심으로 더 살펴보겠으나 기사도 설화들의 비현실성에 강력히 반발해서 반 기사도 문학, 패러디 기사도 문학을 집필한 사람도 적지 않았다.

궁정의 사랑(courtly love)

아더왕의 왕국을 궤멸시킨 아더왕의 (비공식) 수석기사 랜슬롯과 아더왕의 왕비 귀니비어와 사랑은 너무나 비극적인 궁정의 사랑이다. 중세에 매우 보편적이었던 사랑의 유형인 궁정의 사랑 —기사와 그의 주군의 부인의 사랑— 은 합법적으로 맺어질 수 없는 남녀 간의 사랑이기 때문에 어떤 경우에나 잠재적으로 비극적인 싹을 지니고 있지만 언제나 비극으로, 특히 국가적, 국민적 비극으로 종결되었던 것은 아니고 낭만이 없는 거칠고 암울한 현실에서 프로방스 지방의 찬란한 태양처럼 화려한 환상을 심어주는 아름다운 사랑의 이야기로 많은 중세인들을 위로하기도 했다. '탄로'가 나기 전까지, 아니 처음부터 끝까지의 랜슬롯과 귀니비어의 사랑이 그랬던 것처럼, 랜슬롯의 귀니비어에 대한 사랑은 그의 아더왕에 대한 충성심을 조금도 저해하지 않았다. 아더왕이 명한 화형에서 귀니비어를 구출하기는 했지만 그 전에도 그 후에도 랜슬롯은 한결같이 아더왕을 존숭하고 그와 그의 왕국의 안전을 위해 봉사한다.

수많은 중세의 시와 설화에 등장하는 궁정의 사랑의 경우, 주군의 부인과 사랑에 빠지는 것은 반역이기도 하지만 일종의 '과잉충성' 행위라고도 할 수 있다. 중세 기사들은 주군에게 전쟁터에서 무공을 세워서 봉사했고, 평시에는 그의 궁정에서 그의 부인에게 사랑을 바침으로써 주군을 높였다. 유교적 관념으로는 절대 이해할 수 없는 일이지만 중세 기사도의 중요한 일면이었고 서양인의 상상력을 강력히 사로잡은 사랑이기도 했다. 기사가 영주의 부인을 사모한다는 것은 주제넘은 일이지만 이는 또한 영주에 대한 최고의 경의 표현이기도 했다. 물론 시작은 '사랑'이 아니고 '경배'였다. 영주의 아내를 지상의 성모마리아로 경배하는 것이었다. 자기의 아내가 이 세상에서 가장 아름답고 고결한 여성이라는데 싫어할 남성은 별로 없지 않겠는가? 영주의 부인은 그러한 경배를 우아하게 수용하면서, 그러나 기사의 찬미가 금도를 넘지 않도록 경계하며 지도해야 했다.

그러나 '경배'만으로는 어쩐지 미진한 것이 남녀의 사랑이기 때문일까? 시간이 가면서 '경배'는 '사모'로, '사모'는 '사랑'으로, '사랑'은 '열애'로, '열애'는 '욕정'으로 변질되기 십상이었다. 어쩌면 여성도 남성의 욕망의 징후가 보이지 않으면 그의 '경배'는 제스처에 불과하다고 느끼게 되는 것인지도 모른다. 그러나 그녀는 이런 남성의 욕망을 채워 줄 수는 물론 없다. 남성을 타이르면서 그의 사랑에서 육욕을 정화해 고차원의 사랑으로 승화시키도록 도와주는 것이 여성의 역할이었다. 기사 또한 자기 영주의 부인에 대한 향념을 속으로 삭이며 자신의 외람된 그리고 야비한 욕망을 스스로 꾸짖으며 승화시키려 노력해야 했다.

이런 사랑의 패턴이 세워지니 기사라면 누구나 그런 애절한 사랑을 하고 싶고 귀부인은 누구나 그런 애타는 사랑을 받아보고 또 그 사랑을 순화시키는 마돈나적인 역할을 해보고 싶어지지 않았겠는가? 물론, 실제로는 모든 영주의 부인들이 고결하지도 않았고 기사 또한 자기 정화에 열심이지도 않았다. 따라서 이런 사랑은 하나의 겉치레인 경우가 대부분이어서 간통이 빈번히 발생했고 그것은 (기사가 쓸모가 있을 때) 영주가 묵인하는 경우도 있었고 기사가 축출되는 경우, 또는 남녀가 함께 형벌을 받는 경우도 물론 발생했다. 그러나 영주의 부인이 세력이 만만치 않은 가문의 출신일 경우 그녀를 내치는 일은 결코 간단치 않은 일이었다.

왜 이런 사랑이 기사도의 중요한 부분이 되었을까? 아마도 '사랑'이, 여인에 대한 관심과 여인의 연약함에 대한 민감성이, 거친 기사를 순치하는 데 가장 효과적이라고 생각되었기 때문이 아닌가 한다. 더구나 여성을 그냥 나약한 존재로 보는 것이 아니고 경배를 바치고 그로부터 교화를 받는 숭고한 존재로 생각한다는 것은 기사의 겸양을 함양하는 데 큰 도움이 되었을 것이다. 양반의 로맨스가 기껏해야 '풍류' 수준에 머물렀고, 그것도 총애하던 여성을 언제고 즉각 헌신짝같이 버릴 수 있어야 고매한 선비였던 우리에게는 정녕 딴 세상의 이야기이다. 궁정의 사랑은 자주 불미스러운 치정관계로 발전하기는 했지만 어쨌든 서양의 여성을 보호와 배려의 대상으로, 나아가 '경배'의 대상이 될 수 있는 존재로 자리매김 되게 했다.

기사도와 신사도

기사도의 정신과 기사의 생활방식은 후대의 '신사도'에 지대한 영향을 미치게 된다. 흔히들 '신사도'가 우리의 선비정신이나 양반법도와 유사점이 많을 것으로 짐작하는 사람이 적지 않다. 그렇지만 양반은 글공부하는 사람, 사물의 이치를 궁구하고 분별하는 사람의 후손인 반면에 신사는 계보적으로 기사, 즉 무인의 후예이기 때문에 차이가 매우 크다. 그중에서 가장 다른 점이 바로 이 여성에 대한 존경심, 경외심, 애정표현일 것이다. 약자로서의 민중에 대한 보살핌에 있어서는 물론 기사나 선비 모두 철저한 의무가 있었는데 기사는 통치의무자가 아니어서 민중에 대한 보살핌이 즉흥적인 선행인 경우가 많았다고 할 수 있다.

기사도는 어떻게 형성되었을까? 어느 시대, 어느 지역에서든 권력을 쟁취하는 과정은 살벌하고 무자비했으며 그 과정에서 민초들은 목숨과 재산을 보전하기 힘들었다. 그러나 일단 권력을 확보하고 난 후에는 사회를 안정시키고 주권을 확고히 하기 위해서 통치자가 힘을 가질 뿐 아니라 권위를 획득할 필요가 있었다. 이때, 민중의 보호자라는 역할만큼 권위를 부여하는 것이 또 있겠는가? 힘이란 더 큰 힘에 의해 언제라도 전복될 수 있는 것이고 더 큰 힘을 가진(듯이 보이는) 세력이 나타났을 때 단순히 힘으로 묶어 둔 백성들의 이탈을 막을 도리가 없었기 때문에 통치자는 그들의 힘이 월등할 뿐 아니라 보통 인간을 능가하는 지혜나 덕성이 있음을 과시해야 했다.

중세 영주의 입장에서 보면, 영토를 확장하고 수호하는 데는 용맹한 기사가 유용했지만 평화가 왔는데도 힘을 주체하지 못하는 기사가 여기저기 돌아다니면서 백성들을 수탈하고 백성들에게 상해를 끼친다면 참으로 난감한 일이었을 것이다. 게다가 고삐 풀린 기사는 영주의 권력에 대한 중대한 위협이 아닐 수 없었다.

그래서 일석이조로, 영주가 기사의 충성을 확보하고 그들이 백성을 약탈하고 핍박하지 않고 백성의 보호자가 되도록 하는 방편으로 기사도가 고안되었을 것이다. 기사는 예전 희랍 로마시대의 영웅상과 기독교적인 사랑의 실천자의 덕목을 두루 갖춘 인물이었다. 기사는 모름지기 목숨을 바쳐서 군주에게 봉사하고 충성하고 용맹해서 전쟁에 나가서는 군주와 백성을 위해 목숨을 아끼지 않고 전투를 해야 하고, 약자를 보호하는 역할을 기꺼이 해서 힘없는 민중과 연약한 여성이 그에게 의지할 수 있어야했다. 또한 교양을 쌓아서 몸가짐이 올바르고 예의가 철저해서 모든 인간이 지향해야 할 완성된 인간상의 표본이 되어야 했다.

물론, 이것은 이상이었다. 불행히도 중세의 기사들은 우리가 생각하는 '기사'의 상과 상당히 멀었다. 십자군전쟁에 출전했던 기사들은 '신의 영광'을 위해서 이교도를 제압하러 머나먼, 운이 좋아 돌아오더라도 몇 년이 걸리는 동방원정에 출정해서 이교도에 못지않은 야만적인 행위를 일삼았을 뿐 아니라 떠나기 전에 아내에게 '정조대'를 채우고 떠났다. 당시에는 녹이 슬지 않는 강철이 발명되기 전이어서 선철로 만들어진 정조대를 차고 몇 년, 몇십 년 또는 영원이 살아야 하는 여인의 고통은 필설로 표현할 수 없는 것이고, '기사'가 여성을 존중하고 보호한다는 '신화'가 거짓임을 여지없이 폭로하는 것이 아니겠는가. 기사들은 물론 사라센제국에 가서 여자들을 닥치는 대로 능욕하기를 서슴지 않았다. 그것이 기독교 신의 이교도에 대한 징벌이고 자신들이 신의 징벌의 도구임을 믿어 의심치 않으면서.

14세기 말에 쓰여진 초서(Geoffrey Chaucer)의 《캔터베리 이야기(The

Canterbury Tales)》에는 29명의 순례객 중에서 기사가 한 명 등장한다. 이 '기사'는 여러 중요한 전투에서 무용을 발휘했다고 소개되는데 특별한 고결함은 드러나지 않고 오히려 외모에 무척 신경을 쓰는 상당히 세속적인 인물로 비친다. 그렇다고 해서 별로 위선적이지는 않고 그저 자신의 위치에 만족하고 자신의 지위가 주는 특전을 당연하게 누리는 기사이다. 그가 들려주는 이야기(The Knight's Tale)에 등장하는 두 명의 기사는 기사답게(?) 사랑을 위해서 기꺼이 목숨을 바친다. 전쟁포로가 되어 감옥에 수감되어 있는 팔라몬(Palamon)과 아르시테(Arcite)는 어느 날 아침 감옥 마당을 가로질러 가는 테세우스 영주의 처제 에밀리를 발견하고 두 사람 다 열렬한 사랑에 빠지고, 에밀리에게 접근하기 위해서 두 사람은 자유도 포기한다. 그들의 사랑을 알게 된 테세우스는 결투로 누가 에밀리를 차지할 것인가를 결정하도록 한다. 두 사람은 기사답게 결투를 해서 아르시테가 승리했지만 곧바로 말에서 떨어져 밟혀 죽고, 아르시테는 죽어가면서 에밀리에게 팔라몬과 결혼하라고 유언을 하고, 에밀리는 팔라몬과 결혼한다.

당시로서는 아주 모범적인 기사들의 이야기이겠지만 현대의 시각으로 본다면 사촌간이면서 절친한 친구였고 영원한 우정을 맹세했던 두 사람이 한 여자를 차지하기 위해 서로의 목숨까지 빼앗으려 한다는 것이 결코 고결한 일로는 보이지 않는다. 게다가 그들은 수감된 몸이어서 에밀리에게 접근할 수도 없기는 했지만, 결혼을 위해 에밀리의 마음을 얻는다는 생각은 염두에 없고 다만 연적을 죽여서 제거할 생각만 한다. 에밀리의 선택권 따위는 개념도 없다. 다시 말해 에밀리는 경배의 대상인 동시에 결투에서 이긴 자의 '전리품'이다. 이것은 물론 오늘날의 페미니즘적 관점이 가미된 시각이지만 두 기사가 결투를 하기 전에 달의 여신에게 바치는 에밀리의 기도―가급적 일생 독신으로 지내게 해 주고, 그것이 가능하지 않다면 자기를 진심으로 사랑하는 기사와 결혼하게 해 달라는― 는 에밀리가 '기사의 열렬한 사랑'의 허구성을 꿰뚫어 보았음을 강하게 시사한다.

《캔터베리 이야기》에 나오는 등장인물 중에 제일 흥미로운 인물인 〈배스의 아낙네(또는 '배스의 여장부')의 이야기(The Wife of Bath's Tale)〉에 등장하는 기사는 기사도라는 단어조차 들어본 일이 없는 사람 같아 보인다. 아더왕의 기사인 그가 시련에 처하는 것은 아름다운 처녀를 겁탈했기 때문이다. 이 사실이 발각되어 아더왕은 그에게 사형을 언도했으나 귀니비어 왕비가 그의 처벌을 자신에게 맡겨 달라고 청해서, 그에게 1년하고 하루의 말미를 줄 터이니 '이 세상에서 여자가 제일 원하는 것이 무엇인지'를 알아오면 살려주겠다고 한다. 그래서 기사는 목숨을 부지하려고 전국을 돌아다니며 수많은 여인들에게 그들이 제일 원하는 것이 무엇인지 물어보지만 모두 다른 대답을 하여 그는 절망에 빠진다. 그러다 어느 들판에서 몹시 추한 노파를 만나 같은 질문을 하니 노파는 정답을 가르쳐줄 테니 사면을 받거든 자기가 하자는 대로 해야 한다고 한다. 왕비가 허락한 기일이 끝나서 기사는 궁정에 들어가 '여자가 제일 원하는 것은 남자를 자기 마음대로 하는 것'이라는 정답을 말하고 강간죄를 사면받는다. 그리고 노파가 '보답'으로 결혼을 요구하니 어쩔 수 없이 그녀와 결혼을 하고, 첫날밤에 난감해하는 그 앞에서 노파는 젊고 아름다운 여인으로 변신한다. 결국 기사는 나쁜 짓을 하고 복을 받은 것이다.

그러면 '기사도'는 단지 허명(虛名)이고 위선적인 허울이었을까? 기사도 인간이고 더구나 막강한 힘과 권력을 행사할 수 있었으니 다분히 그러했을 것이다. 그러나 '기사도'의 개념이 없는 세상의 기사와 '기사도'의 이상을 의식하는 기사는 하늘과 땅의 차이가 있지 않았겠는가?

'기사'의 시대가 저문 것은 기사가 기사답지 못했기 때문이 아니라 총포와 화약의 발명으로 말을 타고 칼과 창으로 무용을 발휘하는 기사가 쓸모가 없어졌기 때문이다. 그러나 힘을 가졌으면서도 힘을 절제하고, 그 힘을 사람들을 살상하고 약탈하는 데 쓰지 않고 약자를 돕고 보호하는 데 쓰며, 교양을 갖추기 위해 힘쓰고, 사람들을 함부로 대하여도 아무도 항의할 수 없지만 자신을 낮추고 상대편을 존중하는 예의를 실천하는 기사의 이상은 서구에서 문명화의 큰 힘이었고 오늘날은 전 인류가 공유하는 자산이 되었다.

르네상스시대의 이상형 인간

르네상스시대는, 주지하는 바와 같이 중세의 안정적 질서(사실 중세에는 크고 작은 전투가 끊임없이 벌어졌고 폭력이나 약탈이 횡행했으므로 사회가 안정되었다는 말은 어폐가 있다. 그러나 사회의 틀이나 세계관은 매우 안정적이었다)가 항해술의 발전으로 인한 지리적 지평의 확대, 희랍과 로마의 고전의 재발견으로 불붙은 인본주의 사상, 그리고 가톨릭교회에 대한 도전 등으로 무너지고 새로운 근대적 질서가 태동하는, 한편으로는 매우 활기차고 한편으로는 매우 불안정한 시대였다. 모험가들에게는 온 세계가 활동무대로 열린 것이나 마찬가지여서 모험이 시대정신이었다고 해도 과언이 아니다. 대항해시대를 선도한 것은 일찍이 바다로 눈을 돌렸던 이탈리아의 도시국가들이었는데 대 항해를 지원·후원하기 위한 필요는 재력과 힘의 효율적인 집약이 가능한 근대국가의 형성을 앞당기는 중요 요인이 되었다. 이 새로운 시대는 또한 무력이 모든 것을 결정하던 중세와 달리 통치술, 외교술이 매우 중요한 시대가 되었다. 이것이 마키아벨리(Niccolo Machiavelli)가 공화정시대의 피렌체에서 관료로 일하다가 피렌체에 다시 메디치가의 통치가 복원된 후 정치자문서로 《군주론》을 집필했던 배경이기도 하다.

마키아벨리의 현실정치론은 오늘날까지 찬반 논란의 대상이 되고 있지만 어쨌든 그의 시대에는 군주를 보좌하고 통치에 대해 적절한 조언을 하며, 외교적 수완을 발휘해서 외교 무대에서 자기 공국의 위상을 높이고 협상에서 유리한 위치를 점령할 궁정신하들이 필요했다. 외교에서는 그 공국을 대표해서 그 공국의 지적, 문화적 수준을 느끼게 해줄 외모와 언변과 학식을 갖춘 신하를 외교사절로 보내 국제적인 협상과 친선을 담당하게 했고, 내치에 있어서도 고금의 사례에 통달해서 국민을 설득할 수 있는 인물이 필요하게 되었다. 그래서 '궁정신하'가 기사를 계승해서 새로운 시대의 꽃이 되었다. 발다사르 캐스틸리오니(Balthasar Castiglioni)의 《궁정신하의 서 (The Book of the Courtier)》를 보면 당대의 야심가들이 궁정신하로 출세하기 위해서 얼마나 많은 의상비를 쓰고 외양을 가꾸었는가를 짐작할 수 있다. 물론 궁정신하의 핵심은 교양과 식견, 몸에 배인 예의이다. 엘리자베스 1세 때의 궁정신하들은 그 외모와 재치로 처녀 여왕의 눈에 들어 출세하기 위해 모든 지혜를 짜내었다. 엘리자베스 여왕이 궁정 밖에서 진창을 만나자 자신의 망토를 벗어 그 위에 깔아 여왕의 옷이 더럽혀지지 않게 했다는 월터 로리 경의 일화는 물론 사실일 수도 있고 지어낸 이야기일 수도 있지만 궁정신하는 아마도 그렇게 행동했으리라고 생각했던 당대 통념의 단면을 보여준다.

궁정신하는 엄격한 종교와 무력이 지배하던 중세를 벗어나서 인본주의가 꽃피던 르네상스시대를 대표하는 교양인이었다. 그래서 대중의 본보기가 될 수 있는 인물이었다. 그러나 궁정신하 역시 기사의 후예였기 때문에 무예를 익혀서 유사시에는 전쟁에서 지휘관

이 될 수 있고 평상시에는 결투로 자신의 명예와 군주의 명예를 수
호할 수 있어야 했다.

근세국가, 시민사회의 확립과 신사

이탈리아는 르네상스시대에 여러 개의 공국들이 경쟁하면서 발
전했지만 프랑스와 영국의 르네상스 시기는 근대국가가 확립되는
시기였다. 프랑스는 큰 지역을 지배하는 세습 영주들이 막강한 세
력을 이루고 있었으나 영국과의 100년 전쟁을 통해서 사람들이 자
신들을 '프랑스' 국민으로 인식하면서 애국심이 고취되었다. 영국
역시 요크 가와 랭캐스터 가가 분쟁하면서 교차집권 하던 체제로는
강대국으로의 발전이 어려웠기 때문에 명실상부한 통일국가의 형
성이 절실히 필요했다.

영국은 1485년 헨리 7세가 '장미전쟁'에서의 승리로 튜더왕실을
확립한 후 대부분 귀족들에게 기득권을 인정하여 왕실에 대한 충성
을 확보하고 국기를 튼튼히 했다. 영국은 여러모로 축복받은 나라
였다. 섬나라로 기원전 1세기부터 4세기까지 로마에 점령당하고 이
후 색슨 족 등 바이킹의 침입을 받았으나 11세기 노르만에 의해 정
복을 당한 후에는 외적의 침입을 받아 영국이 전쟁터가 된 일이 없
었다. 또한 15세기까지 왕위쟁탈전은 살벌했고 궁정 주변의 귀족들

은 권력지향적이었지만 영국은 다른 나라와 비교할 때 귀족들의 권력 다툼이 훨씬 덜했고 지방의 지주들을 중심으로 안정된 사회생활이 이루어졌다. 무엇보다 왕실이 가난하고 ('손님' 왕들이 많아서) 왕권이 그리 강력하지 않았기 때문에 민중에 대한 수탈이나 독재가 다른 나라보다 훨씬 덜했다. 영국에서 민주주의가 일찍이 발달할 수 있었던 것도 일찍부터 민중이 (동시대의 다른 나라의 민중과 비교해서) 기를 펴고 살았기 때문이었다. 많은 지방의 지주들은 소작인들을 관리하고 보살피면서 자신의 소유지에서의 소출로 풍족하고 안락한 삶을 즐기며 그들 공동체의 문화를 이룩했다. 그리하여 영국에서는 지방귀족들의 사교모임인 신사사회가 형성되었고 신사도가 일찍이 발달하게 되었다. 다른 나라도 귀족들의 사회가 있었지만 어쩐지 영국의 젠트리 사회처럼 공동체의식이 지배하기보다 자기과시와 서로에 대한 경계와 불신, 심지어 모함이 횡행하는 퍽 살벌한 집합체였던 것으로 보인다.

제 **2** 장

—

신사의 자격:
혈통, 재산, 교육과 양육

이곳에서 논하는 '신사사회'는 공작, 후작, 백작, 자작, 남작 등 작위를 가진 귀족이 아닌 지주들 ─상당한 대지주부터 중소지주까지 의─ 의 사회이다. 동양에서는 지위가 높고 문벌이 대단한 인물일수록 그에게서 높은 덕을 기대했지만, 서양에서는(특히 영국에서는) 작위를 가진 귀족들 ─이들 중 상당수는 왕실과의 혈연관계에 있거나 과거 지방의 영주였다─ 은 신사사회의 규율에 지배를 받지 않는 사람들이었다. 이들은 특수계층으로서 대부분이 그들의 특권에 대해 사회에 보답할 책임감을 별로 느끼지 않고, 남의 시선을 의식하지 않으며 거리낌 없이 자유분방하게 살았다. 물론 귀족도 천차만별이었다. 샤프츠베리 백작(Earl of Shaftesbury) 가문처럼 몇 대에 걸쳐 공익과 국민복지를 위해 헌신적 봉사를 한 귀족도 없지 않았지만 다수 귀족의 처신의 원칙은 신사사회의 그것과는 크게 달랐으므로 이 책의 관심 범위는 우리에게 익숙한 '신사' 계층으로 국한한다. 앞으로 영국의 신사사회를 '지방귀족사회'로 지칭하기도 할 텐데 이는 실지로 이들이 지방에서 귀족처럼 살았기 때문이지 작위를 가진 귀족이라는 뜻은 아니다.

영국의 지방귀족사회(gentry 사회)는 독특한 문화를 형성했다. 우선 구성원의 자격이 엄격히 제한되어 있었다. 소출이 몇 석 이상이어야 한다는 식의 명문화된 규정은 없었지만 어쨌든 항산(恒産)을 가진 토지소유자이어야 했다. '혈통'은 一혈통이라는 것이 혈액검사를 해서 귀족, 평민의 혈액으로 판정할 수 있는 것이 아니기도 하지만 — 어떠한 규정이 없고 재산이 토지를 기반으로 하는 지주면 자격이 되었고 토지소유가 여러 대를 거듭해 왔으면 더욱 훌륭한 자격이었다. 이는 토지소유로 안정된 기반을 가진 가문이 대를 거듭하면 예의나 가치관이 더욱 품격 있어지는 것으로 보았기 때문이다. 토지를 소유하지 않은 사람이 구성원이 될 수 있었다면 정신적 귀족으로 간주되었던 一그리고 대부분이 지주의 아들들이었던— 목사가 거의 유일했을 것이다. 어쨌든 영국의 젠트리 사회가 항산(恒産)을 가진 사람으로 회원자격을 제한했던 것은 항산을 가진 사람이라야 인간관계에서 타인을 수단으로 이용하려 하지 않고 인격적인 교류를 할 수 있다는 생각에서였다. 그리고 그 생각이 상당부분 옳았음은 그 사교계의 오랜 지속이 입증했다. 그러나 신사사회가 남이 만들어놓은 재산으로 편히 먹고사는 사람들의 사회였기 때문에 유산상속을 둘러싼 이루 말할 수 없는 눈치보기와 비굴함, 허망한 기대가 빈번히 벌어지는 사회이기도 했다.

그러면 신사의 자격은 어떻게 부여되었고 신사사회는 어떻게 대를 거듭하면서도 소수 상류층의 사회로 유지되었을까? 프랑스 귀족사회는 재산이 자손들에게 분할상속 되었고 작위도 작위계승자 이외의 다른 자식들에게도 한두 단계 낮은 계급의 작위가 상속되었다. 따라서 프랑스 귀족사회는 대를 거듭할수록 재산이 쪼개져서 귀족의 품위를 유지하기 어려운 경우가 많이 생겨났다.

영국은 반대로 일찍이 장자상속제를 채택했기 때문에 영국의 귀족이나 지주는 대를 거듭하면서 재산이 별로 줄어들지 않았다. 영국 지주의 토지는 대부분이 당대 소유주가 자기가 원하는 자식이나 다른 사람에게 물려줄 수 없었고 장자에게 법적인 결격사유(예를 들어 백치, 정신질환자 등)가 없는 한은 장자가 상속하도록 되어 있었다. 그런데 당대 소유주에게 아들이 없는 경우에는 딸들에게 상속될 수 없고 가까운 남자 친척에게 상속되는 경우가 일반적이었다. 이런 경우를 '한정상속'(entail, entailment)이라고 했다. 물론 딸들에게는 가혹한 일이었지만 결혼한 여자의 재산은 법적으로 남편 소유가 되는 것이어서, 그 토지를 처음 취득한 사람의 입장에서 본다면 자기가 힘들여 이룩한 재산을 여자 후손이 지참하고 출가(出嫁)해서 다른 집안의 재산으로 편입되어 버리는 것보다 지손(支孫)이라도 자신의 남자 후손이 차지해서 자기 가문에 남아 있게 하려는 조치였다. 그러나 fee simple 또는 freehold로 불리던, 소유주가 임의로 처분할 수 있는 토지도 있었다. 그래서 소설속에 돈 많은 노총각이나 홀아비, 과부나 노처녀의 재산을 노리고 일가친척들이 아부하고 서로를 모함하는 일들이 벌어진다. 또한 미혼 여성에게 큰 재산이 상속될 경우 '상속녀'(heiress)로서 재산을 노린 여러 남성들의 표적이 되어 순탄치 못한 삶을 살게 되기도 했다.

그러면 재산이 있는 집안의 경우, 장남은 재산을 상속받을 터이니 장남의 생계는 걱정하지 않아도 되지만, 차남 이하의 아들과 딸들은 개인적인 경제활동이 불가능하다시피 한 신사사회에서 어떻게 생계를 마련했는가? 영국의 장자상속제는 장자가 아닌 자녀들에게는 매우 가혹한 제도였다. 윈스턴 처칠의 조상인 제1대 말보로 공작에게는 아들이 둘 있었는데 공작부인은 두 아들을 후계자와 여분(the heir and the spare)이라고 지칭했다고 한다. 물론, 귀족이나 신사들이 자기 아들이나 딸이 가난하게 사는 것을 원치는 않았기 때문에 상속받을 재산이 없는 자식들의 생계대책을 고민했다. 딸의 경우에는 어떻게든 초라하지 않은 지참금을 얹어서 재력이 탄탄한 신랑감과 짝지어주려고 고심했고, 아들의 경우에는 가장 선호하는 옵션이 목사였다. 목사가 되려면 옥스퍼드나 케임브리지 대학에서 신학을 공부해서 신학으로 학위를 받으면 되었다. 신사의 자제가 아닌 사람들도 신학 공부를 많이 했는데 상당한 토지소유자인 신사의 자제들은 목사서임을 받으면 대부분 아버지의 소유지 내 교구의 목사로 임명될 수 있었다, 영국국교회의 목사는 종신직이어서 한번 교구를 맡으면 이단자가 되거나 입에 올릴 수조차 없는 비행을 저지르지 않는 한은 생계가 보장되었다. 교구는 연 수천 파운드의 봉급이 나오는 초대형 교구에서부터 생활비가 빠듯할 정도의 봉급을 받는 초소형 교구까지 천차만별이었으므로 아버지의 재산 또는 영향력이 아들의 교구 배정에 지대한 영향을 주었다. 브론테 자매의 아버지 패트릭 브런티 목사가 맡았던 교구는 황무지에 위치해 있어서 녹봉도 작았지만 주위에 같은 계층의 사람이 살지 않아 아이들이 친구가 없어 서로를 벗 삼아 놀 수밖에 없는 그런 교구였다. 목사가 되면 (아버지의 능력이나 수완이 좋으면) 생계가 해결된다는 장점도 있었지만 목사는 영적인 노동자라는 의미에서 재산이 없더라도 상류사회의 일원이 되었고, 따라서 목사의 아들딸들에게도 재산이 있는 배우자 후보를 만날 기회가 주어졌다. 그러나 이것은 교구의 정목사(담임목사)의 경우이고 보조목사(curate)까지 신사사회에 편입되었던 것은 아니다. 이렇게 세속적인 이유에서 목사가 되는 사람이 많았으므로 영국국교회의 신앙열이 어떠했을지는 짐작할 수 있다. 대교구를 맡아서 거액의 연봉을 챙기면서 여러 명의 보조목사를 두고 박봉을 지급하면서 자신은 신병 요양을 핑계로 유럽에 상주하면서 영국에는 거의 나타나지 않는 목사도 있기는 했다. 영국소설에는 참으로 다양한 형태의 우스꽝스럽고 목사답지 않은 목사가 등장한다. 그러나 국교회의 목사 중에 설교집을 내지 않은 사람이 드물었다는 사실은 신앙적인 열의가 좀 부족한 목사라도 목회자의 의무를 다하기 위해 많은 노력은 했음을 말해준다.

신학을 전공하는 사람들이 모두 지주의 아들은 물론 아니었다. 가난한 평민 청년들도(많은 경우 일종의 근로장학생으로) 신학을 전공해서 학위를 받고 목사서임을 받았지만 이들이 작은 교구에라도 정목사로 임명되는 것은 매우 어려운 일이었다. 집안 배경이 전혀 없는

목사는 대개 보조목사(curate)가 되어, 큰 교구 안에 교회가 여러 개
있어서, 또는 건강상 기타의 이유로, 스스로 자신의 교구를 전부 관
리할 수 없는 담임목사의 보조자로서 설교와 교구민 돌보기 등 여
러 임무를 수행했다. 그러다 운이 좋아서 지주의 인정을 받거나 독
지가를 만나 독립교구를 맡게 되는 일도 있었지만, 일생 보조목사
로 사는 경우도 많았다.[01] 이런 목사의 경우, 아들도 교육시키기 어
려웠다. 아들은 필사적으로 교육시킨다 해도 딸까지 교육을 시킬
여력이 없기 때문에 '목사의 딸들 교육을 위한' 자선학교라는 희한
한 학교도 영국에 있었다. 《제인 에어(Jane Eyre)》에 등장하는 로우드
스쿨이 바로 샬롯 브론테와 두 언니가 다니다가 두 언니가 병을 얻
어 사망한 그 자선학교를 모델로 한 기관이었다.

　아무리 생계를 해결하기 위해서라도 최소한의 학식과 품위를 갖
추어야 하는 목사는 죽어도 못하겠다는 그런 도련님은 부모나 여유
있는 친척이 군대의 직위를 사 주었다. 이는 매관매직이 아니고 군
대의 직위에는 정가가 붙어 있어서 그 정가를 지불하고 군대의 직
위를 사는 것이었다. 영국의 군대가 이렇게 장교직을 돈을 주고 산
지휘관들로 유지되었다는 것은 정말 놀라운 일이지만, 어쨌든 부모
나 후견인이 그 가격을 지불할 만한 능력이 있는 사람이라면 최소

01　처량한 처지의 보조목사(curate)는 여러 소설에 등장한다. 마가렛 올리펀트의 *The Curate in
Charge*는 일생을 조목사로서 성실히, 헌신적으로 일했지만 결국 연줄을 잡지 못하고 조목사로 일
생을 마치는 세실 쏜 존 목사와 그의 두 딸들의 이야기이다.

한의 교육과 사리분별을 습득한 사람이라고 판단했던 것 같고 (물론 이 판단이 어긋난 경우도 부지기수였겠지만) 그들로서 군대가 그럭저럭 유지될 만했다는 말이 된다.

놀랍게도 오늘날 세계적으로 인기 직종인 변호사나 의사는 신사가 진출할 수 있는 직종이 아니었다. 런던에는 법률가가 되려고 법률 공부를 하는 청년들이 많았지만 거의가 호구지책으로 선택한 것이었다. 영국에서는 대부분의 변호사가 오늘날 우리나라의 법무사처럼 돈 많은 사람들의 재산을 관리하고 혼인약정 등 사적인 거래를 법률적으로 유효하도록 서류를 작성하고 등록하는 일을 했기 때문이다. 법정 변호사가 된다고 해도 변호사란 사람들의 약점이나 취약한 입지를 이용해서 재산을 탈취한다는 인식도 팽배해 있었다. 실지로 《플로스 강가의 물방앗간(The Mill on the Floss)》에서 털리버 씨 소송 상대의 변호사 웨이켐은 소송을 자기 의뢰인의 승소로 이끌면서 (아마도 승소의 대가로) 털리버 씨의 물방앗간을 챙긴다. 그래서 사람들은 변호사의 재산을 억울한 사람들의 피눈물의 대가로 보았다. 《북부와 남부(North and South)》에서 마가렛에게 구혼하는 변호사 헨리 레녹스 역시 가난하지만 야심이 있고 자신만만한데 마가렛은 그 자신만만함을 불신하고 싫어한다.

의사는 변호사보다 더 낮게 인식되었다. 물론 변호사처럼 윤리적인 문제가 있는 사람들로 취급되지는 않았지만 당시에는 (환자들이 이동할 교통수단이 적당치 않았고 도로도 험해서 고급 마차라도 병자에게는 충격이 심했을 것이므로) 의사의 진료와 치료는 왕진을 통해서 이루어졌다. 그러니까 의사는 불려오는 사람이었다. 그리고 의학의 미발달 단계에서 의사는 거의 다 전문의가 아닌 일반의였다. 물론 오진율도 높았다. 사회적으로 존중받고 정중하게 모셔지는 저명한 전문의도 물론 없지는 않았다. 1858년에 존 스튜어트 밀은 아내와 함께 프랑스에서 휴양하다가 아내의 폐결핵이 심해지자 영국에서 저명한 폐결핵 전문의를 청해왔는데 의사가 도착하기 전에 아내 해리엇이 타계하자 진료는 못 받았지만 의사에게 특진료를 전액 지불했다고 한다. 생물학자 찰스 다윈의 할아버지와 아버지는 런던에서 병원을 경영하는 저명한 개업의였는데 의술로 명성이 자자했고 환자들이 매우 어려워하는 의사였다. 그러나 대부분의 의사는 환자들의 집에서는 환대를 받았지만 신분은 낮았다. 그래서 엘리자베스 개스켈의 《크랜퍼드(Cranford)》에서 몰락한 귀족의 미망인이 동네의 홀아비 의사와 결혼을 하자 온 동네가 경악해서 '이건 자기 하인과 결혼하는 것이나 마찬가지 아니냐'고 수군거린다.

그 외에 사업이나 상업에 진출하는 자제도 있었지만 상업이나 사업에 대한 낮은 인식 때문에 진출률은 낮았다. 증기기관이나 방적기를 발명해서 영국의 산업혁명에 불을 붙인 제임스 와트라든가 리처드 아크라이트 등은 모두 공원 출신이었다. 이렇듯 신사계층 출신의 산업혁명에 대한 기여는 미미했고 중하층 출신의 기술인력, 노동인력들이 국가의 산업기반의 대부분을 소유하게 되면서 신사계층과 산업세력의 갈등과 반목은 깊어졌다. 그러나 제대로 교육받고 안목 있는 신사계층의 자제가 상업, 기타 사업에 진출한 경우 그들의 기여도는 매우 컸다.

그래서 영국의 장자상속제는 장자가 아닌 자녀들에게는 매우 불공평한 제도였지만 영국 역사에서 본다면 교육받고 교양이 있는 계층이 사회 여러 분야에 진출해서 활동하게 하고, 계층 간의 소통과 융합을 촉진한 공로가 있다.

신사의 양육과 교육

영국에서 '가정교육을 잘 받은'의 뜻인 'well-bred'는 매우 의미심장한 말이다. 어떤 사람이 well-bred 했다는 말은 그 사람에 대한 보증서이다. 영국의 신사사회가 토지를 세습 받은 사람을 성원으로 선호했던 까닭은 토지를 기반으로 안정적인 부를 1대 이상 누렸다면 훌륭한 가정교육을 받았을 것으로 믿었기 때문이다. 그런데 영국 신사사회의 가정교육, 그리고 교육기관을 통한 교육이 매우 훌륭하고 충실했던 것은 아니다. 흔히 의미하는 '가정교육'은 부모가 행동으로 모범을 보이며 또 옳은 관념을 심어주는 처신의 규범인데 소설 속에는 훌륭한 스승인 부모는 거의 보이지 않는다.

제인 오스틴의 소설들은 부모의 역할을 제대로 못 하는 부모들을 고발하는 소설들이라고도 할 수 있다. 《맨스필드 파크(Mansfield Park)》의 버트럼 경은 의식적으로 훌륭한 부모가 되려고 노력한다. 그는 자녀들 앞에서 점잖고 신중한 처신을 보이고 부도덕한 감정을 노출하지 않으면 자녀를 옳은 방향으로 이끌 수 있다고 믿었지만 자기 자녀들의 속마음을 제대로 파악하지 못했고, 이것을 못 한 것은 그가 노력하지 않았기 때문임을 스스로 인정하고 깊이 자책해야 한다. 그 외의 오스틴 작품들은 못난 부모의 전시장과 같다. 《오만과 편견(Pride and Prejudice)》의 베네트 씨 부인은 지각없고 주책바가지여서 딸들을 너무 창피하게 한다. 남편 베네트 씨는 자신의 재산이 한정상속에 묶여 있는데도 딸들의 지참금을 마련하기 위한 저축을 하지 않았다. 또한 아래로 세 딸들은 철없고 환락밖에는 관심이 없는데도 관리감독을 하고 지각을 심어주려는 노력을 전혀 하지 않아서 막내딸의 처신 때문에 온 집안이 그 사회에서 얼굴을 들고 살 수도 없게 될 위기를 맞는다. 《에마(Emma)》의 우드하우스 씨는 에마의 아버지 역할을 하기는커녕 오히려 에마의 아들같이 에마의 보호를 받는다. 그리고 《설득(Persuasion)》의 엘리엇 경은 큰딸과 한통속이 되어 과소비로 집안 경제를 위기에 빠뜨리고, 지각 있고 원칙이 바른 둘째 딸은 존재조차 의식하지 못하는 때도 많다.

　오스틴의 소설에서 우여곡절을 겪으며 자신의 부족함을 깨닫고 반성의 토대 위에서 결혼하는 청춘남녀는 지역사회를, 나아가 영국을 떠받칠 인재가 되고, 차세대를 훌륭히 길러낼 예비부모가 되는 것이다. 제인 오스틴은 특별히 부모의 역할에 대해 첨예한 의식을 보인 작가이지만 다른 작가들의 작품을 보더라도 정말 훌륭한 부모라고 찬탄하게 되는 부모가 별로 없다. 디킨즈의 작품이나, 조지 엘리엇, 브론테 자매, 윌리엄 메이크피스 새커리, D. H. 로렌스 등 모든 작가들의 작품에서 부모는 자식들을 이해하지 못하고 훌륭한 양육자가 되지 못하거나 또는 일찍 죽어서 자식들을 돌보지 못한다. 부모가 훌륭하고 현명하면 자식들을 올바르게 인도하고 자식들의 고민에 현명한 해답을 제시해 줄 것이고 그렇게 된다면 소설의 갈등이 너무 단순해지기 때문일까? 그러나 많은 경우 신사의 가정에서 출생해서 신사숙녀의 사회에서 성장한다는 것, 신사계층에 속한다는 자기정체성이 그 사회의 기본가치를 암암리에 스며들게 해준다.

퍼블릭 스쿨과 대학

신사사회에서 여아들은 대개 입주 가정교사에게 교육을 받았다. 읽기, 쓰기, 기초 수학 등과 함께 어려서부터 음악·미술을 배웠고, 차차 역사, 지리 등을 배웠다. 특히 불어는 매우 역점을 두고 열심히 공부해야 했다. 남아들도 어렸을 때는 여자 가정교사에게 배우기도 했으나 유년시절이 지나고 소년이 되면 학교에 보내졌다. 학

교는 《플로스 강가의 물방앗간》에 나오는 톰이 다니던 것 같은 사
설학교도 있었고, 정식으로 학교 건물과 학년별 교사를 갖춘 다양
한 규모의 학교도 있었다.

　신사계층의 남아들은 거의 퍼블릭 스쿨(public school)에서 교육을
받았는데 퍼블릭 스쿨은 참으로 험악한 곳이었다. 이름이 시사하
는 것과 같은 공립학교가 아닌 사립학교인데 원래는 어떤 종교기관
이라든가 직업길드 같은 곳에서 운영하는 학교가 아니어서 일반인
의 자녀가 입학할 수 있는 학교라는 의미였다. 인가를 받은 퍼블릭
스쿨은 7곳이 있었는데 이튼, 해로우, 러그비, 슈로우즈베리, 차터
하우스, 윈체스터, 웨스트민스터이었고 모두 오늘날까지 개교하고
있다.

　퍼블릭 스쿨의 모습은 토머스 휴즈의 자전적 소설 《톰 브라운의
학창시절(Tom Brown's Schooldays)》에 잘 드러나 있다. 그러나 이 작품
속의 퍼블릭 스쿨은 19세기 위대한 교육자이며 교육개혁가였던 토
머스 아놀드가 교장으로 있었던 러그비 스쿨이어서 당대의 퍼블릭
스쿨 중 가장 좋은 상황의 학교였을 것이다. 그럼에도 참으로 험악
하고 무시무시한 곳이었다. 전국의 내로라하는 집안의 자제들이 유
년-소년 시절을 보내는 곳이었는데 난방이나 음식, 의무설비 등 모
든 것이 매우 열악했다. ― 열악했다는 것은 물론 오늘날의 기준에
서 보았을 때이지만. 원래 퍼블릭 스쿨은 중-고교 과정에 해당하는
기관으로 13-18세의 소년들을 교육하는 곳이었지만 퍼블릭 스쿨

의 전 단계인 프렙 스쿨(prep school 또는 preparatory school)이 한 경내에 있었기 때문에 사실상 초등과정부터 고등과정까지 포괄했다고 볼 수 있다. 퍼블릭 스쿨은 최근까지도 전적으로 기숙학교였기 때문에 학생들은 불리[bully: 우리의 학교폭력의 가해자 수준일 수도 있고 그냥 어깨에 힘주고 다니면서 어리고 약한 하급생들(때로는 동급생도)을 장난삼아 부려먹고 괴롭히는 '어깨' 정도의 불량배인 경우도 있음]들에게 무방비로 노출되어 그들의 '밥'이 될 수밖에 없었다. '불리'가 아니라도 대개의 상급생들은 각자 하급생을 하나 점유해서 몇 년간 몸종으로 부리는 것이 관례였다. 그 하급생은 그러면 한 상급생의 노예가 되는 대신 다른 상급생들의 괴롭힘을 당하지 않아도 된다. 질 나쁜 학생들은 상급반이 되면 음주, 도박, 방탕 등을 위해 수업을 빼먹고 다른 학생들에게서 돈을 갈취한다. 상급반이 되면 근처의 창녀촌에서 지내는 시간이 교실에서 지내는 시간보다 많은 학생도 나온다. 소년들의 사회인지라 집안의 재력, 가문의 위세, 주먹의 세기 등 제반 요소에 의해서 서열이 정해지고 힘없는 학생은 맞는 것이 일상이었다. 때로는 연약한 어린 학생이 자기의 핍박자보다 더 힘센 소년에 의해 '구출'이 되고 나쁜 소년은 응징을 받는 일도 있었다. 톰 브라운은 평범한 학생으로 '불리' 측에 낄 가능성이 큰 학생이었으나 사려 깊은 토머스 아놀드 교장의 배려로 어떤 약한 소년을 책임지게 되어 그 소년의 충실한 보호자 노릇을 하면서 불리들의 고약한 행태(행패)를 증오하게 되었다. 그래서 그는 책의 결말에서 '러그비 스쿨의 훈육 덕분에

나는 학창시절 한 번도 나보다 약한 아이를 못살게 굴지 않았고 힘센 아이에게서 도망치지 않았다'라고 술회하고 있다. 초·중·고교를 합한 교육과정에서 배운 가장 중요한 교훈이 약자를 못살게 굴지 않는 것이라니 좀 미약해 보이기도 하지만 사실 그것이 건강한 사회를 위해 가장 기본적이고 필수적인 교훈이 아니겠는가. 모든 영국신사가 소년 시절에는 자기보다 약한 사람을 괴롭히지 않고, 재력과 영향력을 갖춘 어른이 되었을 때는 약자의 권리를 수호하고 약자의 입장을 배려할 줄 아는 신사가 된다면 영국은 복된 나라가 되지 않았겠는가. 현실은 그렇지는 못했지만 영국은 역시 다른 나라에 비해서는 계층 간의 관계가 훨씬 살벌하지 않은 나라였다.

자신은 오만하고 성적(性的)으로 몹시 방탕했지만 늘 약자에 대한 연민을 갖고 있었고 사회정의를 열망했던 낭만시인 바이런은 한쪽 발이 만곡족(clubfoot)이었기 때문에 학교에 다닐 때 맞고 있는 동급생을 불리에게서 구해 줄 수 없어서 불리에게 매의 반은 자기를 때려 줄 수 없냐고 청했다는 일화는 유명하다. 《허영의 시장(Vanity Fair)》의 조지 오스본은 소년시절에 그 학교의 유명한 불리의 심부름을 제대로 안 했다고 매타작을 당할 상황에 처했는데 동급생 윌리엄 도빈이 그 불리와 필사적으로 싸워 그를 구해주었다. 도빈은 힘은 세어도 착한 학생으로 싸움을 별로 안 해보았지만 오로지 정의감으로, 약한 학생을 불의의 폭력에서 구해주기 위해, 목숨을 걸고 격투를 벌였다. 그러나 조지는 아이들의 놀림감이 되는 도빈에게 구출을 받았다는 딱지가 학교생활 내내 붙어다닐 것이 영 싫어서 도빈의 희생적·영웅적 보호를 별로 달가워하지도 고마워하지도 않는다. 차라리 언제나처럼 그 불리에게 두들겨 맞고 마는 것이 나았겠다고 생각한다.

'고자질'을 삼가는 것은 자기보다 어린 소년을 때리지 않는 것보다 훨씬 더 어려운 신사수련이었을 수 있다. 'telling on' 또는 'peaching on'이라고 표현되는 이 고자질은 성장기의 소년들이기 때문에 자연히 식욕에서부터 수많은 욕구의 충족을 위해 학칙을 어길 수밖에 없어서, 또 집단으로 생활하다 보니 서로 상해를 끼치기가 쉽기 때문에, 그것을 안 사람이 또는 피해를 입은 사람이 낱낱이 고자질을 한다면 학교는 반목의 장이 되고 학생들의 결속은 여지없이 와해되고 말 것이었다. (물론 학생의 비행이나 범죄는 대폭 줄었겠지만.) 어쨌든 동양이나 서양이나 고자질은 아름답지 못한 행위로 보았다. 《젊은 예술가의 초상(A Portrait of the Artist as a Young Man)》의 주인공 스티븐은 여섯 살의 어린 나이에 클롱고위즈라는 프렙 스쿨에 입학하는데 어리고 연약할 뿐 아니라 시력도 약해서 고생이 참으로 많다. 자연히 상급반 학생들이 그를 장난삼아 놀리고 괴롭혀서 스티븐은 입학과 동시에 방학이 되어 집에 갈 날만을 손꼽아 기다리며 하루하루를 어렵게 견뎌 나간다. 스티븐을 학교에 데려다주고 돌아가면서 아버지가 남긴 말은 "never to peach on a fellow(절대 고자질하지마)"였다.

그런데 한 짓궂은 상급생이 연약한 스티븐을 시궁창에 밀어 넣어서 그의 안경이 깨졌다. 안경이 깨져서 책을 읽을 수가 없기 때문에 스티븐은 집에다 안경을 맞춰 보내달라고 편지를 보냈고 담임선생에게서 안경이 올 때까지는 숙제를 하지 않아도 된다는 허락을 받았다. 그러나 훈육선생이 수업에 들어와서 숙제검사를 하면서 숙제를 해 오지 않은 스티븐에게 왜 숙제를 해오지 않았냐고 다그치고, 안경이 부서져서 숙제를 못했다고 말하는 스티븐을 '꾀병쟁이'라면서 혹독하게 손바닥을 때리고 이튿날도 숙제를 안 해오면 더 심하게 때리겠다는 위협을 하고 나가버린다. 아무개가 자기를 시궁창에 밀어 넣어서 안경이 깨졌다고 말한다면 자기 대신 그 불리가 매를 맞을 터이니 자기는 형벌을 면하고 그 불리에게 복수를 할 수 있겠지만 어린 스티븐은 그의 비행을 이르지 않고 무지막지한 매를 맞는다.

스티븐은 그 부당한 징벌에다가 '꾀병쟁이'라는 모욕을 들었고, 안경이 없어서 이튿날도 숙제를 해 갈 수 없는 것이 분명한데 그 모진 매를 또 맞을 수는 없어서, 그같이 어린 학생이 시도해 본 일이 없는―그에게는 죽기보다도 두려운 일인―교장선생님과의 면담을 시도한다. 이것 역시 이튿날의 체벌이 두려워서이기도 하지만 '꾀병쟁이'라는 부당한 비난을 당한 데 대한 명예회복을 위해서이다. 감히 교장선생님을 찾아가서 자기의 억울함을 호소한다는 것은 저승사자를 찾아가는 것 이상으로 두려운 일이었지만 어린 스티븐은 그것을 해내고, 그래서 학우들 사이에서 작은 영웅이 되지만 나중에 어른들에게서 교장선생님이 자기를 '당돌한 꼬마'라면서 농담을 했다는 말을 듣고 어른들에 대한 환멸을 느낀다.

대부분의 신사계층은 아들들을 퍼블릭 스쿨에 보냈고, 간혹 교육에 특별한 관심이 있는 아버지는 독선생(tutor)을 두고 좀 더 깊이 있고 전문화 또는 특성화된 교육을 시켰다. 그러나 학교라는 곳이 사회생활을 익히는 곳이고 영국에서 특히 중요한 인맥을 구축하는 곳이었기 때문에 퍼블릭 스쿨에 보내는 부모가 많았다. 퍼블릭 스쿨은 수학, 역사 등도 가르쳤지만 대부분의 시간이 라틴어 고전 교육에 할애되었었다. 라틴어의 격변화와 동사변화를 달달 외우고 라틴어로 된 고전 작품들을 독해하고 시작법에 맞추어 시를 짓는 것이었으므로 라틴어나 인문학에 관심이나 소질이 없는 학생들에게는 그야말로 지옥이었을 것이다. 물론 이런 공부를 잘 못 따라가거나 숙제를 제대로 안 해가면 사정없이 회초리를 맞았다. 학생들에게는 체벌은 그냥 당연한 일상사였던 듯하다.

학교교육이 너무나 비능률적이어서 일부 부모들은 아들들을 학교에 보내지 않고 집에서 자신들이 직접 가르치거나 튜터를 두고 커리큘럼을 짜서 가르치기도 했다. 18세기 말 대표적인 급진주의 철학자이며 사회개혁가였던 제임스 밀이 자기 아들 존 스튜어트 밀을 스스로 가르치기로 하고, 3살부터 희랍어를, 8살부터 라틴어를 가르쳐서 10여 세가 되었을 때는 희랍과 로마의 문학, 철학, 역사서를 모두 독파하게 했다는 사실은 유명하다. 그러나 대부분의 신사들은 학업이 생계의 도구가 아니었으므로 그리 효율적인 공부를 할 필요가 없었다. 퍼블릭 스쿨이 이처럼 험악하고 말할 수 없이 불편한 곳이었는데도 퍼블릭 스쿨을 나온 신사가 아들을(자기가 다니면서 지긋지긋했을) 퍼블릭 스쿨에 보낸다는 것은 이상하게도 보이지만 어린 시절의 괴로움은 어른이 되면 잊어버리기 때문일 수도 있고, 또 소년은 집에서 편하게만 자라는 것보다 험악한 환경에서 성장하는 것이 세상을 살아가는 데 자산이 된다는 생각에서였을 수도 있다. 대부분의 부모들은 아들이 훌륭한 학업성취를 이루기보다는 친구들과 잘 어울리고, 나중에 학연으로 맺어진 인적 네트워크를 확보하기를 바랐고, 퍼블릭 스쿨은 그 목적에 적합한 기관이었다. 퍼블릭 스쿨은 학비가 매우 비쌌다. 퍼블릭 스쿨의 식사나 난방이 매우 부실했던 것은 학교가 가난해서는 아니었다. 남아들은 고생을 해보아야 한다는 원칙에서였던 것 같다. 오늘날 이튼 같은 퍼블릭 스쿨은 1년에 학비가 숙식비 포함 3만 파운드(약 5000만 원)라고 한다.

퍼블릭 스쿨을 졸업하면 대부분의 예비신사들은 당연한 코스로 옥스퍼드나 케임브리지에 진학했다. 옥스퍼드나 케임브리지가 유서 깊은 명문대학임은 두말할 나위가 없지만 영국에는 1820년대까지 대학이 단 두 곳밖에 없었다. 그래서 젊은 신사들은 대부분 옥스퍼드나 케임브리지에 입학해서 1-2년 수학하고 나서 그만 두기도 하고, 또 한두 해 더 머물기도 했다. 옥스퍼드나 케임브리지 역시 기숙학교였다. 두 대학의 커리큘럼 역시 실용학문이 아니고 중세 이래로 기초 3과목(trivium)과 상급 4과목(quadrivium)을 개설했다. 기초 3과목은 문법, 논리학, 수사학의 완전 인문과정이었고, 상급 4과목은 기하학, 수학, 천문학, 음악이었다. 상급 4과목이 기하학, 수학, 천문학, 음악이어야 할 이유는 딱히 없는 것 같은데 일단 어떤 경위로건 관행이 되면 별로 바꾸려 하지 않는 영국인의 특성 때문에 굳어진 듯하다. 그렇다고 해서 옥스퍼드나 케임브리지에서 수학한 사람은 이 과목들을 다 수강하여 높은 수준의 지식을 갖게 되는 것은 아니었다. 생도들은 튜터리알(tutorial)이라는 방식으로 교수진과 거의 1:1의 수업을 받는데, 수업이라기보다는 선택한 주제와 관련된 책을 읽고 의견교환을 하는 것이라고 볼 수 있다. 생도는 그날 논의할 주제에 대해서 에세이를 써가는 것이 원칙이었으나 에세이를 준비하지 못했다고 튜터리알이 취소되거나 하지는 않았다.

영국식 영어에서는 '전공하다'가 'read'이다. 미국 영어의 'major in'이라는 동사에 익숙한 사람에게는 영국식 'read'는 대단히 허술한 것 같은 느낌을 받는데 실제로 영국의 예비신사들은 옥스퍼드나 케임브리지에서 자기에게 흥미 있는 분야의 서적을 읽고 싶은 만큼 읽으며 학창시절을 영위했다. 그리고 대부분은 적당한 기간 수학하다가 그만두었다. 목사가 될 사람은 과정을 수료하고 학위를 받아야 했지만 보통 예비신사들은 학위를 받으면 지나치게 학구적으로 보일까봐 공부가 좋아도 끝까지 가지 않는 경향이 있었다.

물론, 대학에 적을 두고 있으면서 공부보다는 대학 주변의 생활에 더 몰두하는 예비신사들도 무척 많았다. 그래서 빚을 지고, 친자 확인 논란에 휘말리고, 부모에게서 절연하겠다는 위협을 당하기도 하고, 기타 이런저런 생의 위기에 부딪치기도 했다. 그러나 또한 그런 것이 모두 청년기에 누구나 거치는 한 과정으로 너그러이 이해되기도 했다.

제 **3** 장

—

신사의 생활:
의상과 언어, 처신의 원칙, 교양, 예절,
구애의 법도, 약자에 대한 예의와 배려,
신사의 오락과 취미

의상과 언어

근대 이전에는 동양에서도 그러했지만 서양의 경우에도 복장이 신분의 표시였다. 사교모임이 잦았던 서양에서는 의상이 또한 자신의 개성, 취향을 드러내는 지표로서의 의미를 가져서 많은 신사·숙녀에게 고민과 기쁨 거리였다. 발다사르 캐스틸리오니의 《궁정신하의 서(The Book of the Courtier)》를 보면 몇 챕터가 계속해서 궁정신하가 갖추어야 할 복식예절에 관한 것이다. 이는 정말 병적인 것 같은 느낌을 주지만 복장이 나를 드러내 주는 명함 같은 역할을 했다고 볼 수 있다. 신사, 숙녀는 의상비 지출이 엄청났다. 신사 숙녀의 사회에서도 검소함은 미덕이었다. 많은 신사 숙녀가 여러모로 지혜를 짜내어서 입던 의상을 개조하여 새 옷같이 만들어 입고 은밀하게 기워서 입었지만 사교 모임에 입고 갈 의상비는 웬만한 가정의 허리를 휘게 했다. 의상비에서 절약이 어려웠던 이유는 의상을 갖추어 입는 것이 상대편에 대한, 좌중에 대한 예의로 간주되었기 때문이다. 우리가 서양의 사극을 보면 숙녀의 의상은 말할 것도 없고 신사의 의상도 얼마나 바느질이 어렵고 부속품도 많고 또 그 의상을 착용하는 데도 시종의 도움을 받아야 제대로 할 수 있음을 보고 놀라게 된다. 18세기까지는 신사들이 가발(wig)까지 썼는데 가발 값역시 참으로 비쌌다. 그래서 대부분의 신사들은 경제적으로 자립하기 전의 젊은 시절 의상비 외상값으로 모진 곤욕을 치러야 했다.

숙녀들 역시 몸종이 있어야 의상을 제대로 착용할 수 있었다. 물론 각기의 몸종을 가질 수 없었던 숙녀는 자매간, 모녀간에 서로 도와주기도 했지만 그 집안의 여성들을 시중드는 하녀가 한 사람은 있어야 숙녀라고 할 수 있었다. 그래서 18세기 말 영국에서 여권 선언서라고 할 수 있는 《여성권리의 옹호(A Vindication of the Rights of Woman)》를 쓴 메리 울스턴크래프트는 여성이 하녀에게라도 자기 몸을 그렇게 내맡긴다는 것이 여성의 정신적 순결을 해친다면서 의상을 간소화해야 한다고 주장했다. 어쨌든 이렇게 의상비가 비싸고 또 한 사회의 숙녀들이 경쟁적으로 옷 사치를 하게 되는 것은 매우 불행한 일이었다. 옷을 차려 입는 것이 참으로 복잡한 과정이어서 숙녀들은 오전에는 침실이 있는 2층에서 거실(응접실)이 있는 아래층으로 내려오지 않았고, 신사는 숙녀를 오전에 방문할 수 없는 것은 물론 같은 숙녀끼리도 응급상황이 아니면 오전에 다른 숙녀를 방문하지 않았다. 그러나 숙녀들이 의상에 들이는 정성이 단순히 사치만은 아니었다. 옛 조선의 선비나 마님들이 아무리 찌는 여름에도 도포나 장옷을 입지 않고는 출타하지 않았고 집안에서도 버선을 벗지 않았던 것처럼 영국 숙녀들은 나중에 적도상의 식민지 지역에 가더라도 원주민들 앞에서 옷을 느슨하게 또는 대강 입은 모습을 보이지 않았다.

　흔히 몸매를 아름답게 하기 위해 입는 것으로 생각하는 코르셋은 사실상 몸매를 다듬기도 하지만 살의 부피와 질감이 의상 위로 드러나지 않게 하기 위해서 착용하는 것이었는데 대개 고래뼈 등의 심을 넣어서 옥죄이는 속옷이었다. 몸을 그토록 단단히 조이는 것이 신체 건강에 좋을 리가 없고 정신건강에도 좋지 않을 수 있지만 어쨌든 '숙녀'라는 것이 화려한 의상으로 치장하고 공경을 받는 위치만이 아니고 여러 가지 불편과 제약을 감수해야 하는 위치였음을 보여준다. 물론, 의상을 갖추어 입는 불편은 처신의 여러 제약에 비하면 아무것도 아니었다. 나는 오늘날 서양인들의 '캐주얼' 스타일은 지난날의 지나친 격식의 복식문화에 대한 반감의 표현이라고 생각한다. 1960년대의 '히피'들이 일부러 찢어지고 남루하고 역겨움을 주는 옷을 입었던 것도 이런 까다롭고 정교한 복식문화에 대한 반작용으로 이해하면 쉽게 수긍이 된다.

　신사나 숙녀에게 의상보다 더 중요했던 것이 언어였다. 신사나 숙녀가 비속하고 천박한 언어를 쓴다면 얼마나 실망스러운 일인가! 어느 사회에서나 그 사람의 수준을 가장 잘 드러내 주는 것이 언어가 아닌가. 신사와 숙녀는 교양 있고 품격 있는 언어를 써야 했고 어떠한 경우에도 비속하거나 천박한 언어를 써서는 안 되었다. 신사 숙녀의 사회는 사교를 하는 사회였고, 사교는 대화로 이루어졌으므로 신사 숙녀는 교양을 쌓고 언어를 연마하기 위해 힘쓰지 않을 수가 없었다. 그리고 여기서 '교양'은 지식만이 아니고 지식과 지각을 바탕으로 하는 분별력과 민감하게 상대방의 처지를 감지해서 불편하거나 상처받지 않도록 배려하는 마음이었다. 영국의 고전 소설을 보면 신사 숙녀가 쓰는 언어의 수준은 경탄스럽기 그지없는데, 물론 이는 소설가가 다듬은 것이지만 영국의 역사적 인물들의 일화를 보아도 정확하고 풍부한 어휘와 품격 있는 언어를 구사한다. 영국 소설을 읽으면서 감탄하는 대목 중에는 청혼을 했다가 거절을 당한 상황에서 '딱지 맞은' 신사가 쓰는 언어가 있다. 《오만과 편견》에서 엘리자베스에게 청혼했다가 무참히 거절을 당하고 상당 부분 억울한 비난까지도 들은 다시는 '이렇게 오랜 시간을 빼앗은 것을 용서해 주시고 당신의 건강과 행복을 위한 나의 기원을 받아 주십시오'라고 말하고 떠난다. 《에마》에서 엘튼 목사와 에마는 단둘이 귀가하게 된 마차 안에서 엘튼 목사의 '잘못 짚은' 청혼에 에마가 항의하고 두 사람 다 너무나 화가 나서 한 마디도 하지 않고 집까지 온다. 그 상황에서는 보통 남녀라면 서로 분을 이기지 못해서 욕설이라도 나왔을 법한데 침묵하는 것도 대단한 자제심의 발로라고 보인다.

영국에서 신사나 숙녀는 말이 지나치게 많아도 안 되지만—말이 많으면 자연히 쓸데없는 말, 하지 않았으면 좋았을 말을 하게 되고 사교적인 모임에서는 골고루 말할 기회가 돌아가는 것을 방해하기 때문에—또한 말을 너무 적게 해도 실례이다. 신사나 숙녀가 너무 말이 적으면 'reserved'되었다(She is reserved; he is reserved)고 하는데 보통 '말수가 적다'로 번역된다. 말수가 적은 것은 맞지만 우리나라에서 그렇게 묘사되는 사람의 경우처럼 좀 수줍거나 겸손하다는 느낌을 주기보다 오만해서, 다른 사람을 적절한 대화상대로 보지 않아서 말을 아끼는 그런 사람의 느낌을 준다. 물론 《오만과 편견》에서 다시의 동생 조지아나의 경우처럼 정말 수줍고 용기가 없어 말을 못하는 사람도 있고 그런 사람은 후에 그 사정을 안 사람에게 말수 적음이 이해가 되고 오해가 풀리지만 풀릴 때까지 매우 곤란하게 되는 경우도 있다. 서양에도 '웅변은 은이고 침묵은 금이다'라는 속담이 있지만 이것은 안 해야 할 말을 하는 사람의 경우에 해당되는 말이지 화기애애한 사교모임의 상황에 해당되는 말은 아니다. 그렇지만 말이 값싸고 천박하기보다는 reserved한 사람이 그래도 실수를 하거나 봉변을 당하는 일은 적었을 것이다.

처신의 원칙: 명예

영국신사의 자격으로 가장 중요한 것은 명예심(honor), 또는 명예로운 처신에 대한 감각(sense of honor)이었다. 명예심은 사실 겸손과 자기희생을 강조하는 기독교적인 덕목이라기보다는 희랍-로마 문명에 기원을 두고 있는 이교도적인 덕목이다. 명예심은 자존심에 바탕을 두고 있다. 자신이 남보다 잘났다는, 또는 남을 지배할 자격이 있다는 그런 종류의 자존심이 아니고 자신은 어떤 불이익을 감내하더라도 야비한 행동을 절대 하지 않고, 어떤 상황에서도 비굴하지 않고, 남에게 피해를 주면서 자기의 이득을 취하거나, 자기의 안전이나 이익을 위해서 남을 모함하거나 곤경에 빠지게 하지 않는다는 원칙이며 소신이다.

'명예심'이 있는 사회와 없는 사회의 차이는 규칙이 있는 운동경기와 규칙이 하나도 없이 무조건 몸으로 부딪쳐 격파하는 경기의 차이에 비유할 수 있을 것이다. 그러나 '명예심'은 타협을 용납하지 않기 때문에 많은 비극의 원인이 되기도 했다. 아더왕과 원탁의 기사들의 아름다운 나라는 기사로서는 절대로 양보하거나 포기하지 못하는 '명예' 때문에 무너졌다. 사실 아더왕은 왕비 귀니비어와 자기의 많은 훌륭한 기사 중에 가장 용맹하고 가장 고결한 기사 랜슬롯의 사련(邪戀)을 어느 정도 눈치 채고 있었던 것으로 보인다. 그런 일이 흔한 일이어서인지 그는 그들의 관계를 명확히 규명하려고 하지 않고 지냈는데, 몇몇 기사가 랜슬롯이 귀니비어의 방에 들어갔다는 사실을 아더왕에게 고하고 아더왕에게 어떻게 할 것이냐, 귀니비어를 벌하지 않는다면 왕의 명예가 유지될 수 있겠느냐고 조치를 촉구한다. 아더왕은 사실상 증거가 제시된 아내의 간통을 묵인할 수가 없다. 그는 매우 분노해서 귀니비어를 화형에 처하도록 명했다. 그리고 그의 사랑하는 조카들로 하여금 형 집행을 확인하라고 명령한다. 그의 조카 가헤리스는 자기가 어버이처럼 사랑하고 우러르는 랜슬롯의 연인인 귀니비어의 화형집행에 입회하고 싶지 않지만 왕의 명령을 거역할 수 없어서 갑옷을 입지 않고 입회한다.

랜슬롯은 귀니비어를 사랑하는 만큼 아더왕을 사랑하지만 귀니비어가 자기 때문에 화형을 당하게 되었는데 구출하지 않을 수가 없다. 그녀가 화형을 당하게 내버려둔다면 그는 기사로서의 명예를 포기하는 것이 되기 때문이다. 물론, 인간적으로도 사랑하는 여인이 불에 타죽는 것을 내버려둘 인물이 아니다. 그가 말을 달려 화형장에 도착했을 때는 귀니비어가 막 불길에 휩싸이려는 순간이어서 그는 불같이 노해서 거기 모인 군중을 무차별적으로 벤다. 그중에 그가 아들처럼 극진히 사랑하고 그를 아버지 이상으로 사랑하는 가헤리스와 그의 형제 가레스가 평복을 입고 입회한 것을 미처 모르고 그들도 베었다. 랜슬롯은 귀니비어를 구출해서 자기 나라 프랑스로 데리고 가려고 하지만 귀니비어는 연인과 함께 지낼 수 있는 기회를 거부하고 수도원으로 향하고 낙담한 랜슬롯은 자기 나라 프랑스로 간다.

자기가 명령한 왕비의 화형이 랜슬롯에 의해 무산된 것을 안 아더왕의 분노는 컸고, 랜슬롯의 칼에 두 동생을 잃은 가웨인은 외삼촌이기도 한 아더왕을 부추겨서 랜슬롯의 땅 프랑스로 원정을 떠나게 한다.

아더왕은 자기의 서자 모드렛을 자기 부재 중의 대리왕으로 임명하고 정예 기사들을 규합해서 프랑스 원정에 오른다. 복수심에 불타는 가웨인은 매일 랜슬롯의 성 앞에서 도발을 해서 랜슬롯의 기사 한두 명을 크게 상해하거나 죽이기를 반년을 계속한다. 랜슬롯은 자기 기사들에게 어떤 경우에도 절대로 아더왕을 상해하지 말 것을 엄명하고, 드디어 가웨인과 대결을 하지만 가웨인을 죽일 수 있어도 죽이지 않는다. 가웨인이 오전 9시에서 12시까지는 마법의 힘이 솟기 때문에 그를 대적하기가 엄청나게 힘들고 그와의 여러 날 대결에서 상처도 많이 받았지만 말에서 떨어진 그를 베기를 거부한다.

아더왕은 랜슬롯이 부하들에게 자기를 상하지 못하게 한 것을 알고 자기가 랜슬롯과 대결하게 된 것을 통탄하지만 되돌릴 길이 없다. 그런데 영국에서 그의 서자 모드렛이 반란을 일으켜 왕위를 장악했다는 소식이 들려온다. 아더왕은 급히 군대를 수습해서 영국으로 돌아가 자기 서자와 치열한 전투를 하게 되는데 바다 건너의 랜슬롯에게서 응원하러 갈 터이니 자기가 도착할 때까지만 휴전을 하라는 전갈을 받는다. 아더는 기뻐하면서 모드렛에게 휴전을 제안하고 모드렛 쪽에서도 프랑스 왕과 제휴해서 아더왕을 멸망시키려고 시간을 벌기 위해 휴전을 받아들인다. 그러나 아더왕의 진(陣) 가운데 독사가 나타나는 바람에 그의 기사 중의 하나가 독사를 베려고 칼을 뽑는다. 어느 쪽이고 칼을 뽑는 사람이 있으면 휴전협정은 파기되는 것이어서 휴전이 무너지고 아더왕은 모드렛과 맞붙어 그를 죽이고 자신도 그의 칼에 치명상을 입는다. 랜슬롯이 바다를 건너 달려왔을 때 칼레의 벌판에는 시체가 널려 있고 랜슬롯은 아더왕을 찾아내어 너무도 슬픈 이별을 한다.

그리고 귀니비어가 몸을 의탁하고 있는 수도원을 찾아가서 함께 프랑스로 가자고 호소하지만 귀니비어는 자신은 랜슬롯을 절대로 다시 보지 않겠다고 선언한다. 랜슬롯과 귀니비어는 단장(斷腸)의 이별을 하고 랜슬롯은 은둔수도자의 동굴을 찾아 수도사가 된다. 아더왕의 수많은 찬란한 기사들 중에서 가장 용맹하고 가장 늠름하고 가장 후덕한 랜슬롯은 그때부터 거의 먹지를 않아서 피골이 상접하고 키가 한 큐빗(약 43-53cm)이나 줄어 겨우 목숨만 부지하다가 어느 날 귀니비어의 수도원에 가보면 귀니비어가 죽어 있을 것이라는 말을 듣고 말을 달려가 보니 귀니비어는 한 시간 전에 숨을 거두었다.

이것이 사실상 '명예'의 딜레마이다. 여기서 아더왕이 랜슬롯과 귀니비어를 '용서'했다면 문제는 쉽게 해결이 되고 왕국의 멸망은 오지 않았겠지만 은근한 소문의 단계의 간통을 외면하는 것은 몰라도 (물론 랜슬롯은 자기가 귀니비어의 방에 들어간 것이 그녀의 호출을 받아서 그녀의 지시를 받기 위해서 간 것이라고 '해명'했고 이는 사실일 수도 있지만 그녀의 명예를 보호하기 위해서 양심을 거스르고 거짓말을 한 것일 가능성이 크다) 밝혀진 단계에서 '용서'한다는 것은 왕으로서 자신의 명예를 공공연히 포기하는 것이다. 어쩌면 그것은 랜슬롯에게도 모욕이 될 수 있다.

아더왕의 사후 랜슬롯은 귀니비어에게 같이 살자는 제안을 하지 않을 수 없다. 둘이 얼마나 사랑하고 동거를 얼마나 간절히 원했는가를 떠나서 그것이 그녀를 사모하고 추종하고 스캔들을 일으킨 자기의 행동에 대해 책임을 지는 것이고 또한 그녀를 가장 안락하게 하고 적절히 보호할 수 있는 길이기 때문에. 그리고 두 사람은 아더왕의 죽음에 근본적인 책임이 있다고 하겠지만 아더왕 죽음의 직접적인 원인은 그의 서자 모드렛의 반역이다. 그러나 귀니비어는 왕비로서 남편이 죽자 비밀연인이었던 남자와 동거하는 불명예스러운 일을 할 수는 없다. 비록 두 사람이 함께 잘 산다고 해도 비아냥거릴 사람들은 있을지 몰라도 감히 못살게 하거나 할 사람은 없지만. 두 사람이 얼마나 절절히 사랑하는지는 애정묘사에 그리 능숙하지 않은 맬러리의 필치에서도 충분히 느껴진다. 두 사람은 헤어지기로 하고는 울다가 기절해서 몇 시간 깨어나지 못하고, 귀니비어의 마지막 간절한 기도는 '살아서 랜슬롯을 보지 않게 해 달라'는 것이었다. 랜슬롯을 보면 무너질 자기 마음에 대해 절체절명의 위기를 느낀 여인의 마음이 오롯이 드러난다. 귀니비어는 여성의 불명예가 될 뻔했지만 자신의 불행으로 자신의 죗값을 감당했다.

일상의 경우에서, 신사는 상대편의 명예를 자신의 명예만큼 존중해야 한다. 그것이 '신사'의 도리이기도 하지만 상대편 신사의 분노로부터 자신을 보호하는 길이기도 하다. 신사는 남의 명예를 훼손한다거나 어떠한 피해를 주었을 경우 정중히 사과해야 하고, 그 사과로 상대편의 성이 차지 않을 경우에는 상대편의 결투신청에 응해야 했다. 이것은 중세의 무술시합이 변형된 것이었다. 결투신청에 응하지 않는다는 것은 곧 자신이 비겁자임을 선포하는 것이었다. (그러나 상대편의 펜싱이나 사격의 실력이 너무 열등해서 결투에 응하는 것이 곧 그를 죽이는 것이 될 때 '비겁자'라는 비난을 받을 각오를 하고 결투를 거절하는 경우도 있기는 했다. 그러나 이것은 누가 듣더라도 그가 관대한 의도에서 결투를 거절했다는 것을 알 수 있는 경우이다. 《바람과 함께 사라지다》에서 주인공 레트 버틀러는 남북전쟁의 먹구름이 짙은 남부에서 한 농장주들의 파티에서 남부는 북부와 전쟁을 해서 이길 가망이 전혀 없다고 말했다가 열여덟 살 애송이 찰스 해밀턴의 결투신청을 받는다. 그러나 사격의 고수였던 그는 철없는 소년을 죽이고 싶지 않아서 그에게 정중히 허리 굽혀 사과하고 결투 신청을 받아들이지 않는다.)

물론 이는 오늘날의 눈으로 보면 우스운 일이다. 명예훼손이 악의 없이, 방심한 순간에 이루어졌을 수도 있고 오해에 의해서 발생했을 수도 있는데 그것을 법적으로 또는 논리적으로 해결하지 않고 칼이나 총으로 해결하려다 내 자신 또는 상대편이 죽게 된다는 것은 얼마나 어리석고 불합리한 일인가. 그러나 명예가 목숨보다 중하기 때문에 내 목숨을 보존하려하기보다는 목숨을 던져서라도 내 명예에 끼쳐진 오점은 설욕을 해야 한다는 이교도적인 명예의 관념에다 하나님이 정의로운 자의 편이라는 중세 기독교의 관념이 결합된 결투의 관행은 인간의 호전성을 부추겨 너무도 많은 어리석고 의미 없는 죽음을 만들어 냈다. 신사는 교양이 매우 중요했지만 근본적으로 도학자가 아니고 기사, 그러니까 무인(武人)의 후예가 아니는가. 영국은 법치국가로서 결투를 통해 사사롭게 정의를 추구하는 행위를 근절하려 했지만 몹시 힘이 들었다. 18세기까지만 해도 신사들은 일상적으로 칼을 차고 다녔고, 사교모임에도 칼을 차고 입장했다. 그러다가 18세기에 온천장이며 휴양지인 바스(Bath)의 사교모임의 주재자(master of ceremonies)였던 보 내쉬(Beau Nashe)가 바스의 사교집회에 칼을 차고 입장하는 것을 금지하면서부터 차차 신사들이 일상적으로 칼을 차고 다니지 않게 되었다. 그와 함께 결투의 관행도 줄어들기는 했지만 결투는 범법행위였음에도 불구하고 영국에서도 19세기 중반까지도 지속되었다. 좀 더 다혈질인 남아메리카 등의 국가 중에는 20세기에 와서야 결투가 불법이 된 곳도 있다. 영국의 경우, 결투에서 상대편을 죽인 사람에게는 공식적으로는 살인죄가 적용되었지만 결투를 하는 사람들이 대개 명문가 사람들이기 때문에 해외에 도피해서 한 1년 있다가 그 사건이 사람들의 기억에서 흐려질 때 돌아오면 흐지부지되곤 했다.

신사는 자신의 명예를 수호해야 할 뿐 아니라 자신에게 소중한 사람들 중에 스스로 훼손당한 명예를 설욕할 수 없는 사람의 명예를 회복시켜 주어야 했다. 일본의 무사들처럼 얼굴도 못 본 먼 친척이라도 자기가 그의 살아 있는 제일 가까운 친척이면 복수를 하는 것이 공식적 의무는 아니었지만 직계가족이나 가까운 친척 중에서 자신이 보호해야 할 만한 사람이면 그들의 명예를 수호하고 설욕해야 했다. 가장 흔한 경우가 물론 나의 딸이나 누이 또는 누이동생이 순결을 짓밟혔을 때일 것이다. 이때 그 훼손된 명예를 설욕하지 않으면 그 아비나 오라비는 신사사회에서 머리를 들고 살 수가 없었다. 물론 결투는 엄격한 룰에 따라 행해졌다. 보통 '입회인'으로 번역되는 'second'들이 만나서 결투의 장소와 무기와 방식을 정하고 (총 또는 검: 검의 경우 입회인들이 상대편의 검을 살펴보고 의심스러운 점이 없으면 결투를 개시하고, 총의 경우 당사자들이 등을 맞대고 걷기 시작해서 몇 발짝 걸었을 때 돌아서서, 동시에 쏘든가 아니면 피해자 편에서 먼저 쏘든가) 행해진 후에는 입회인들이 결투가 정정당당하게 행해졌음을 확인하고 부상자나 사망자가 발생하였을 시에는 조속히 치료를 받게 하거나 법적인 사망진단서를 받아서 장례가 진행될 수 있게 했다.

　물론 결투란 생명이 걸린 중차대한 문제이므로 가볍게 칼을 뽑아서는 안 되지만 모든 신사들이 신중하지는 못했다. 앤 래드클리프의 《그 이탈리아인(The Italian)》이라는 공포소설을 보면 주인공이 친구를 동반하고 연인을 만나러 가는데 수상한 인물에게 추적을 당한다. 친구가 돌아가는 것이 좋겠다고 하자 '나는 마음이 벅차서 두려운 줄도 모른다'고 대답하고 친구는 '그러면 내가 겁쟁이라는 말이로구나'라고 응수한다. 주인공은 친구가 자기 말에 모욕을 느꼈다면 '책임을 지겠다'고 한다. (영어로는 I'll give you satisfaction— 즉, 친구가 자기의 손상당한 명예가 충분히 회복되어 만족할 수 있게 해주겠다는 말인데, 결투를 해서 상대편을 죽일 수도 있는 상황을 만들면서 하는 말로는 무척 아이러닉하다.)

즉, 친구가 불쾌해서 결투를 신청한다면 응하겠다는 말이다. 친구
는 '나를 모욕한 대가로 내 피를 흘리겠다는 말이냐?'고 응수한다.
그래서 주인공이 양식을 회복하고 친구에게 사과함으로써 그토록
하찮은 일로 친구가 원수가 되는 불상사는 일어나지 않게 되지만
정신적으로 미숙한 신사들이 항시 칼을 차고 다닐 때에, 하찮은 일
로 칼부림이 나는 경우가 허다하지 않았겠는가.

그래서 영국에서는 '결투'의 어리석음과 폐단을 많은 사람들이 지
적하고 결투를 근절하려는 캠페인도 벌이고 했다. 18세기 초에 영
국에서 최초로 일간신문을 발행했던 애디슨과 스틸 조(組)의 스틸
(Richard Steele)은 자신이 발행하는 신문의 칼럼을 통해 결투의 어리석
음을 지적하면서 특히 결투를 신청하면서 하는 말, '만족을 드리겠
습니다'(I'll give you satisfaction)의 터무니없음을 비꼬고 있다. 남에게 모
욕을 주고서는 '(손상된 명예를 회복하려다 내 칼에 찔려서 죽거나 부상을 당하
는) 만족을 드리겠다'는 말은 언어도단이라고 개탄한다. 그리고 결
투를 해서 찔리거나, 찔려 죽거나, 상대방을 찌르거나, 찔러 죽이거
나 하는 것이 어떻게 신사의 명예를 수호하는 일이 되는가라고 묻는
다.[01] 체홉의 연극 《3자매(The Three Sisters)》에서 막내딸의 연인이 사
랑이 무르익어 가는 중에 사소한 일로 결투 신청을 받아서, 비겁자
가 되지 않기 위해 결투에 응하고, 허망하게 죽어서 세 자매가 모두

01 "Duelling"(Tatler 25), pp.2184-86.

노처녀로 늙을 수밖에 없게 되는 안타까운 일이 생긴다. 문학작품 속에 심심치 않게 등장하는 결투는 비현실적인 억지가 아니었다.

서양에서 결투로 목숨을 잃은 저명인사는 다수이고 결투에 휘말렸던 저명인사는 부지기수이다. 미국 건국의 아버지 중의 한 사람이고 오늘날 10달러 지폐의 인물인 알렉산더 해밀턴 재무상이 현직 부통령이었던 애론 버와의 결투에서 사망했고, 링컨 대통령도 변호사시절에 결투에 휘말릴 뻔했으며, 기사도의 잔재를 몹시 싫어했던 작가 마크 트웨인도 하마터면 결투를 안 할 수 없는 곤경에 빠진 일이 있다. 러시아의 대문호 푸시킨이 아내의 정부와 결투를 하다가 사망한 일은 문학사의 비극이었다. 푸시킨 사망 4년 후에는 그의 후배작가 레르몬토브가 또 결투로 목숨을 잃었다.

리처드슨의 《파멜라(Pamela)》를 읽으면서 Mr. B가 왜 파멜라를 강간하지 않았을까 하고 이상히 여긴 독자가 많을 것이다. 우리나라의 옛 선비라면 물론 점잖은 일은 아니라 해도 집안의 계집종에게 탐심이 일었을 때 계집종을 사랑으로 불러들여서 순순히 응하건 응하지 않건 그저 욕심을 채우고, 이후 계속 불러들일 수도 있고 언제 그런 일이 있었냐는 듯이 모른 척할 수도 있었다. 그것은 계집종에 대한 양반의 당연한 권리라고 생각했다. 그 후에는 그 선비의 집안에서의 권위가 어느 정도냐에 따라서 집안에 골방이라도 한칸 마련해 주고 일생 종첩으로 데리고 살 수도 있었고, 부모의 눈치를 보는 도련님의 경우라면 그것으로 끝이고, 투기하는 아내가 있을 경우에

계집종이 불행히 임신이라도 했다면 아내가 계집종을 매일매일 때리고 할퀴고 낙태를 하라고 간장을 먹이고 대꼬챙이로 배를 찔러도 상관하지 못했(않았)다. 조선 역사에서 그런 일은 비일비재하게 일어났다.

Mr. B의 경우, 그는 파멜라를 자기 방으로 끌어들일 수도 있고, 별당 같은 곳으로 오게 하고 다른 하인들을 매수해서 그 근처에 오지 못하게 하고 파멜라를 힘으로 제압해서 강간할 수 있는 위치에 있었다. 그러나 Mr. B가 하녀에게 달콤하게 사랑을 속삭이고 화려한 선물을 주고 평생 보살펴 주겠다는 약속으로 관계를 맺는 것은 신사답지 못한 일이 아니지만, 완강히 거부하는 여자를 성폭행하는 것은 도저히 신사로서의 자존심이 용납하지 않는 것이었다. 신사라면 자기의 매력으로든 재력으로든 여자를 굴복시켜야 하는 것이었다. 또한 하녀에게라도 분명하게 청혼을 했다면 결혼을 하지 않을 수 없었다.

물론 고용계약서를 쓰고 고용한 영국의 하녀와 노비 신분의 조선의 계집종은 신분이 다르고 법적인 권리도 달랐지만, 법적 권리를 떠나서 인권에 대한 국민의 개념도 달랐고, 조선 양반의 자존심의 개념과 영국 신사의 자존심의 개념의 차이는 큰 것이었다.

그러나 같은 작가 리처드슨의 《클라리사 할로(Clarissa Harlowe)》의 남주인공 러브리스는 자존심은 Mr. B보다 몇 배 강했지만 자신의 비상한 매력과 기교를 다 동원해도 끝내 클라리사를 농락할 수가 없자 마지막에는 클라리사를 수면제를 먹이고 강간한다. 이는 바람둥이로서의 자존심을 포기하는 것이나 다름없는 행위였다. 성폭행을 당하고도, 즉 여성으로서의 시장가치를 완전히 상실하고도 클라리사가 그에게 매달리지 않았을 때 그에게는 죽음밖에 선택할 것이 없었다. 그는 클라리사의 사촌인 모덴 대령이 자기를 결투에 불러내어 응징하고 싶지만 클라리사의 유언 때문에 자기를 피해서 이탈리아로 가버렸다는 말을 듣고 이탈리아까지 그를 찾아가 도전해서 치명적인 상처를 입고 고통 받다가 죽는다. 그것이 그에게 가능한 참회였다.

물론 신사가 명예를 지키는 일이 언제나 결투로 가능한 것은 아니었다. 오히려 결투로 해결할 수 없는 일에서 신사의 명예로운 처신이 더욱 중요했고, 신사로서의 자질이 판가름 났다. 가세가 기울 때가 그러했고 빚을 진 경우가 그러했다. 가난이나 빚은 채권자나 채무자와 결투로 해결할 수 있는 성질의 것이 아니었으므로 자신의 명예를 지키고 자손에게 큰 불명예와 재정적 부담을 남기지 않기 위해서 오랜 기간에 걸친 노력으로 해결해야 했다. 그러나 해결할 길이 없어 자살로 내몰리는 경우도 있었다. 특히 노름에서 빚을 진 경우에 노름에서 딴 돈은 법적으로 추심할 수 없는 돈이어서 신사는 명예를 걸고 갚아야 했다(그래서 노름빚이 'debt of honor'라고 불리었다). 노름빚을 갚지 못해서 신사가 자살을 하는 경우는 심심치 않게 발생했다.

처신의 원칙: 곤궁해진 신사의 경우

신사는 그 자격요건 자체가 항산이 있는 사람이었고 대부분 안정된 재산을 가지고 풍족하고 우아한 생활을 하는 사람이었지만 경제적인 괴로움은 언제 어느 곳에서나 멀지 않은 것. 우리가 옛날에 '가난한 양반'으로 사는 것이 참으로 처량하고 기막힌 일이었듯이 신사계층의 사람도 가문의 위세가 기울든가 재산이 줄어들었을 때 그것을 남에게 보이지 않고 수많은 미세한 절약으로 꾸려나가든가 또는 가난을 감추지 않고 재산의 감소에 따른 위상의 하락을 꿋꿋하게 받아들이는 것은 초인적인 의지를 요하는 문제였다.

이전의 생활수준을 유지한다는 것은 물론 의상비라든가 식품비, 오락 유흥비 등 사적인 씀씀이의 문제도 있었지만 신사계층의 큰 지출항목은 손님접대비, 또는 사교비였다. 신사사회라는 것이 사교모임을 통해 유지되는 것이었던 만큼 초대를 받으면 답례로 초대를 해야만 그 친교가 유지될 수 있는 것은 자명한 일이 아니겠는가. 동네의 모든 가문에서 돌아가면서 한 번씩 초대를 받고 자기 차례가 돌아와도 초대를 하지 않는다는 것은 수치였다. 그러다가 초대의 명단에서 빠지면 다시 뚫고 들어가기가 어려운 것은 어느 사회나 마찬가지가 아니겠는가. 물론, 어느 집안이 수치스러운 이유가 아닌 어떤 요인에 의해서 영락해서 사교모임을 동등하게 주재할 수 없게 된 것이 다 알려지면 그 집은 사교를 위한 비용 지출이 어렵다는 것이 인정되어 예의상, 그리고 의리상 계속 사교서클에 포함되는 경우가 있기는 하지만 그것이 오래 지속되면 베푸는 쪽이나 받는 쪽이나 부담스러운 것이다.

대부분의 예비신사들이 대학을 다니면서 (심한 경우는 퍼블릭 스쿨의 상급반에서부터) 사치와 방탕으로 빚을 지게 되는 사정은 위에서 이야기했고, 이것이 아마도 신사들의 현실과의 첫 번 대면이었을 것이다. 경제적인 여유가 있는 부모들은 싫든 좋든 자식들의 빚을 변제해 주었지만 이런 경우에도 부모에게 꾸지람을 듣고 재발방지 약속을 하지 않아도 되는 경우는 거의 없었다. 부모가 빚을 갚아 줄 능력이 없거나 버릇을 가르치기 위해서 갚아 주기를 거절하는 경우에는 물려받을 유산을 담보로 장기 융자를 받는 등 이런저런 비상대책을 동원해야 했다.

지배계층의 도덕적 해이, 타락을 주제로 하는 새커리의 《허영의 시장(Vanity Fair)》에서 크롤리 준남작의 둘째 아들인 로든은 부유한 노처녀 고모의 총애를 받아서 부잣집 큰아들 부럽지 않은 사치, 향락을 누리고 '화통'한 그의 고모는 그의 외상값, 노름빚을 잔소리 없이 갚아 준다. 그러나 그가 무일푼의 베키와 비밀 결혼한 사실이 드러났을 때, 고모는 베키를 몹시 총애했음에도 불구하고 두 사람과의 절연을 선언한다. 그래서 로든과 베키는 빚으로 신혼살림을 차리고 사교계에 진출한다. 그들이 몇 년간 집세를 내지 않아 가난한 집 주인은 파산에 이르고, 하녀가 남의집살이로 모은 눈물 젖은 돈까지 모조리 꾸어서 탕진하는 것은 그들이 얼마나 파렴치한 인간들이며, 그들이 출입하는 사교계가 얼마나 타락한 곳인가를 대변한다.

디킨즈의 가장 원숙한 작품 중 하나인 《위대한 유산(Great Expectations)》을 보면 핍이라는 소년이 익명의 독지가에게 유산을 받을 전망이 생겨서 독지가의 뜻에 따라 신사교육을 받는데 (이 신사교육은 그저 지도교사와 함께 인문학 서적을 읽는 것이었다) 그의, 그리고 주변사람들의 관념에서 신사훈련의 필수적 부분은 과소비를 하고 줄줄이 외상을 지는 것이었다. 결국 그의 유산의 전망이 물거품이 되어 그가 채무불이행으로 감옥에 가게 되었을 때 그의 빚을 갚아서 그의 감옥행을 막아 준 것은 그가 신사가 되면서 은근히 거리를 두고 친척관계를 부인하고 싶어 하던 그의 선량한 대장장이 매형이었다.

'great expectations'라는 원제의 정확한 뜻은 대단한 전망, 즉 큰 유산을 받을 전망이다. 신사사회는 본인이 노동으로 돈을 벌어서 사는 사회가 아니었기 때문에 일생을 꾸려가기에 넉넉한 재산을 법적으로 상속받게 되어 있는 사람이 아니면 물려줄 재산이 있는데 법적인 상속자가 없는 친척에게 잘 보이도록 필사적인 노력을 해야 했다. 그리고 영국에는 일생을 독신으로 사는 상류층 인사가 많아서 그런 사람들의 유산을 노리는 친척들 사이의 암투가 극심했다. 《위대한 유산》에서 부자 노처녀 해비셤 양의 친척들은 해비셤 양의 집에 와서 살다시피 하면서 서로서로 감시하고 해비셤 양의 눈치를 살피며 서로를 해비섬 양에게 모함한다. 해비섬 양은 그런 그들의 행태를 비웃으며 즐기는데 특히 그들에게 수모를 주는 것을 즐긴다. 조지 엘리엇의 《미들마치(Middlemarch)》의 괴팍한 노인 페더스톤도 남겨줄 유산이 있어서 친척들이 뻔질나게 드나들며 서로서로를 감시한다. 그러나 끝까지 상속자를 지정하지 않다가 죽는 순간에 조카뻘 되며 자기를 사심 없이 돌보아 준 메리 가스(Mary Garth)의 애인인 프레드 빈시에게 주려고 하지만 법적인 문서를 마련해놓고 가지 않았기 때문에 기대가 좌절된 프레드는 이제까지의 유산을 바라고 사는 소모적인 삶을 포기하고 건실한 청년으로 거듭나게 된다.

신사사회에서 장자는 일반적으로 부친의 유고시에 집안의 재산을 상속받았다. 이것은 앞에서 말한 바와 같이 대부분의 경우에 부친의 총애를 받고 못 받고에 상관없이 법으로 정해진 것이었다. 예외적으로 당대 소유주가 재산을 처분할 수 있는(freehold 또는 fee simple) 재산이 있기는 했지만 영국은 장자상속이 원칙이었다. 그래서 장자들은 빚을 져도 상당히 당당했고, 아버지는 맏아들을 함부로 대하지 않았다. 《맨스필드 파크》에서 버트럼 경의 맏아들 톰은 노름빚을 엄청나게 졌는데, 그 빚은 아버지가 돌아가셔서 유산을 상속받을 때까지 변제를 미룰 수 없는 것이어서 하는 수 없이 아버지에게 빚을 변제하게 해달라고 요청하게 된다. 버트럼 경은 엄격하고 권위가 있기 때문에 자식들이 모두 어려워하는 아버지였다.

물론 톰도 아버지에게 그런 말을 하고 싶지는 않지만 어쩔 수가 없었다. 이런 경우 큰아들이 아니라면 아버지가 '나는 물어줄 수 없으니 네가 알아서 갚든지 말든지 하라'고 할 수도 있지만 준남작의 작위를 물려받을 큰아들을 노름빚을 갚지 않은 신용불량자가 되게 할수는 없었다. 하지만 그 큰돈을 조달할 길이 없었기 때문에 자기 소유 토지 내에 있는 교구를 판다.

교구를 판다는 것은 있어서는 안 되는 일이지만 대지주가 자기 영지 내에 있는 교구를 자기 아들이나 친척에게 주는 것은 당연한 일이었고, 아들이나 친척이 없을 경우 지각 있는 지주라면 교구민을 잘 인도하고 보살필 훌륭한 목사를 초빙해서 앉히겠지만 교구를 파는 경우도 없지 않았다. 그런데 영국국교회 목사는 종신직이었기 때문에 한번 교구를 구입한 목사가 오래지 않아 죽으면 그 교구를 다시 다른 목사에게 팔 수 있어서 '수지'가 맞았지만 그 목사가 장수할 경우에는 낭패를 겪었다. 교구를 파는 관행에 대한 개탄은 많았지만 많은 국민은 무감각해진 관행이기도 했다.

어쨌든, 《맨스필드 파크》의 버트럼 경은 맏아들에게 그의 방탕 때문에 둘째 아들에게 주려던 교구를 팔지 않을 수 없게 되었다면서 깊은 '유감'을 표한다. 톰은 물론 아버지에게 면목이 없고 동생 에드먼드에게도 미안하지만 벌써듯이 아버지와의 면담을 하고 난 후에는 '어쩔 수 없게 된 일을 가지고 아버지가 너무 지겹게 군다'면서 툴툴대고, 새로 부임해 오는 목사가 일찍 죽을 가능성도 많으니까 동생에게 큰 피해를 주지는 않을 수도 있다고 말한다. 참으로 어이없는 일인데, 이것이 영국적인 장자상속제의 단면이었다.

《제인 에어》의 남주인공 로체스터는 그의 아버지가, 재산은 모두 큰아들에게 물려주는데 둘째 아들이 가난하게 살면 자기 체면도 상하고 가문의 위상이 저하되니 둘째 아들인 에드워드를 서인도제도에 있는 농장주인 자기 친구에게로 보낸다. 친구에게는 크리올 출신 부인과의 사이에 버사라는 딸이 있는데 서인도제도에 큰 땅을 가진 농장주의 상속녀이다. 그 집안에는 정신병의 혈통이 있지만 결혼을 해서 지참금을 차지하면 정신병 아내쯤이야 어떻게 숨겨두고 살 수가 있겠지 하는 생각에서, 아들에게 버사의 정신병 내력에 대해서는 귀띔도 안 해주고 버사와 결혼을 시킬 목적으로 아무 내색도 하지 않고 보낸다. 젊은 로체스터는 풍만한 육체의 미인인 버사에게 반하게 되고, 그녀와 몇 번 만나기도 전에 청혼을 해서 결혼한다. 결혼을 하고는 그녀의 포악하고 음탕한 성격에 진저리를 치며 그녀에게서 벗어나고 싶어 하지만 그녀의 정신병이 발작하자 끔찍하고 비인도적인 정신병자 수용시설에 처넣을 수가 없어서 그녀를 궤짝에 실어 대서양을 건너 영국까지 데리고 온다. 그리고 자기의 장원 손필드 장(莊)의 3층 다락방에 감금한다. 그동안 아버지와 상속자인 형이 죽어서 그가 손필드장의 소유주가 되었기 때문에 가능한 일이었다.

그리고 로체스터는 쓰라린 비통과 공허를 안고 세계를 떠돌면서 미인들과 동거를 해보지만 결국 환멸만 가중되어 매우 냉소적인 인간이 되어 있었다. 그러다가 세속적인 미녀들과는 너무나 다른 제인을 만나서 사랑을 하게 된다. 여기서 버사는 제인과 대조적인 여성으로 음탕하고 동물적인 여성을 대표하면서 또한 로체스터가 얼마나 불행하고 그의 가슴의 쓰라림과 공허가 얼마나 큰 것인가를 짐작하게 해주는 역할을 한다. 또한 그렇게 혐오하면서도 그녀를 버리지 않고 '보호'하고 있고, 나중에는 그녀의 방화로 인해 조상 대대로 내려온 장원이 불에 타 소실될 지경에서도 그녀를 구하려다가 팔을 잘리고 실명까지 하게 된 로체스터의 '인간미'를 드러내주는 장치로 쓰였다. 그러나 아이러닉하게도 다락방에 갇혀서 동물적인 생명만 이어가는 버사는 오늘날에 와서는 로체스터의 비인간성과 냉혹성을 드러내는 존재가 되었다. 샬럿 브론테는 정신병의 다양한 발현양상을 몰라서 버사를 늘 으르렁거리는 맹수 같은 정신병자로 일 년 열두 달 감금해서 엄중 감시해야 하는 존재로 그렸고, 오늘날의 독자들은 당시의 정신병원의 참혹상을 모르기 때문에 3층 다락방에 미친 여자를 감금하고 '보호'하는 일을 비인간적인 인간학대라고 생각하는 것이다. (사실상 미친 여자를 궤짝에 넣어서 몇 달이 걸리는 항해를 해서 서인도제도에서 영국으로 데려온다는 것도 현실적 가능성이 희박하고, 감금당한 여인의 입장에서 보자면 학대가 아닐 수는 없다.)

정략결혼, 돈을 위한 결혼은 어디에나 있었지만 지참금만 넉넉하다면 정신병자 며느리라도 좋다고 생각하는 경우는 분명 극단적인 사례일 것이다. 그러나 그보다도 끔찍하고 뻔뻔스러운 정략결혼, 돈을 보고 하는 결혼도 결코 드물지 않았음을 감안한다면 서인도제도에서 행해져서 영국사회에 안 알려질 수 있다고 생각한다면 그 정도는 서슴지 않았을 영국'신사'도 없지는 않았을 것이다.

《허영의 시장(Vanity Fair)》의 오스본 씨의 아들 조지는 아버지의 절친한 친구이자 사업기반을 구축해 준 것이나 다름없는 아버지의 은인 세들리 씨의 딸 아밀리아와 어렸을 때부터 내왕하며 친해서 약혼 발표는 안 했어도 공인된 예비 신랑·신부나 다름이 없었다. 하지만 세들리 씨의 사업이 기울게 되었을 때 오스본 씨가 신속히 조금만 도와주었어도 다시 회복할 수 있었을 터인데 오스본 씨는 냉혹하게 몰라라 하다가 그가 완전히 파산하자 아들에게 아밀리아와 다시는 만나지 말라고 명령하고 서인도제도에서 온 '원숭이 같은' 상속녀를 집에 초대해 그녀와 결혼하라고 명령한다. 그러나 아들이 그의 명령을 어기고 아밀리아와 결혼을 하자 아들에게 한 푼의 재산도 나누어 주지 않고 절연하고, 아들이 결혼 직후 나폴레옹 전쟁에 나갔다가 전사하고 난 후, 뒤에 남겨진 젊은 과부와 유복자에게 어떠한 지원도 하지 않는다.

어느 사회나 마찬가지로 영국의 신사사회도 돈이 달리는 구성원들이 많았기 때문에 돈의 공급처가 필요했다. 처음에는 해외무역이나 상업에서 거부를 이룩한 사람들(의 딸과 아들들)이 그 공급원이 되었다. 이들은 돈을 모은 후에는 지체 높은 집안과 인척을 맺어 상류사회로 진입하고 싶었기 때문에 아들딸들에게 아낌없이 재산을 얹어 주고 전통 상류층과 사돈을 맺으려 했다. 그리고 산업혁명의 사업가들, 서인도제도 식민지에서 대규모 사탕수수 농장을 경영을 하는 농장주들, 미국인들이 영국신사사회의 풍부한 자금원이 되어주었다. 19세기 후반-20세기 초에 미국이 신흥부강국으로 부상하면서 영국 신사사회에서 미국 여성들의 인기는 하늘을 찌를 듯했고 미국 아가씨들은 많은 영국 숙녀들에게 매우 고통스러운 존재가 되었다. 미국 여성들은 —적어도 영국에 와서 머물며 영국 신사사회에 초대를 받는 영양들은— 미국에서 갑부의 딸들일 뿐 아니라 참신하고 솔직해서 점잔 빼는 영국 숙녀들에게 식상한 영국신사들에게 매혹적인 존재들이었다. 미국 아가씨들은 자기 감정이나 의견을 거침없이 토로했기 때문에 영국의 신사 숙녀를 민망하고 당황하게도 했지만 많은 영국신사들에게 저항할 수 없는 흡인력을 발휘했다. 이렇게 영국신사를 굴복시킨 많은 숙녀 중에 말보로 공작의 후손인 랜돌프 처칠과 결혼해서 후에 2차 세계대전을 승리로 이끈 윈스턴 처칠의 어머니가 된 제니(Jenny Jerome) 아가씨도 있었다.

미국 작가 이디스 워턴의 미완성 유작 《해적들(The Buccaneers)》(당시 이렇게 영국을 '정복'한 미국 아가씨들의 영국과 미국에서의 별칭)은 미국 아가씨들이 영국귀족들과 결혼하는 이야기인데, 영국의 틴타젤 공작(the Duke of Tintagel)은 영국 숙녀들이 하나같이 자기의 작위 때문에 자기에게 접근하는 것이 싫어서 몸서리를 치던 중에 우연히 만난한 미국 아가씨가 '공작이란 것이 무엇인지도 모르는' 것을 보고는 그녀와 결혼한다. 그러나 그녀가 영국귀족사회의 룰을 너무나 모르고 영국의 아내가 남편을 대하는 예절에도 전혀 관심이 없어서 큰 낭패감을 느껴야 했다.

돈을 확보하기 위해서 근본 없고 교양 없는 상속녀와 결혼하는 일은 신사사회에서 좋게 보는 일은 결코 아니었으나 그 불가피성을 이해했기 때문에 묵인이 되었다. 그러나 신사가 꾼 돈을 갚지 않거나 평등하게 나누어야 할 이익에서 자기 몫을 과다하게 챙기거나 하는 경우에는, 즉 셈이 흐릿하면 신사사회에서 무자비하게 따돌림을 당했다. 물론 돈이 없는 신사가 돈이 많은 신사에게 '신세'를 질 수는 있었다. 시인이 시집을 팔아 생계를 조달하는 것이 불가능했을 시절에 시인은 돈도 있고 문화를 아는 귀족에게 후원을 요청하는 수밖에 없었다. 그런데 아무리 문화를 아는 귀족이라도 시인을 언제나 존중하며 깍듯이 대하지는 않았다. 그래서 후원자(페이트런: patron)를 구하러 다니는 시인은 남의 집 문간에서 우스꽝스러운 수모를 당하기가 일수였다. 꾸며낸 이야기겠지만 불멸의 영웅시 《선녀여왕(The Faerie Queene)》을 쓴 에드먼드 스펜서가 당대 최고의 교양인으로 꼽혔던 필립 시드니 경에게 후원을 요청하기 위해 찾아갔는데 시드니 경은 《선녀 여왕》을 읽느라 스펜서를 기다리게 했다는 이야기가 있다. 이 이야기는 필립 시드니가 당대 최고의 교양인 중 한 사람이었지만 가난한 귀족이었으므로 별로 그럴듯한 이야기는 아니지만, 시인들이 귀족의 후원을 얻는다는 것이 얼마나 힘들고 처량한 일인지 보여주기 위해 지어낸 일화라고 생각한다. 물론 페이트로니지(patronage)는 학문적·예술적 안목을 가진 부유한 귀족들이 문인들뿐 아니라 예술가, 과학자 등 누구나 재산의 기반이 없는 사람이 학문이나 예술에 매진하는 것을 돕는 (아름답고, 때로는 아니꼬운) 관행이었다.

영문학사상 가장 유명한 페이트로니지의 일화는 새뮤얼 존슨과 체스터필드 경 사이의 일화이다. 새뮤얼 존슨이 최초의 영어사전을 저술할 야심찬 계획을 갖고, 체스터필드 경이야말로 그 가치를 알고 후원을 해줄 만한 사람으로 잘못 생각하고 그에게 그 사전의 플랜을 써서 바치고 그를 몇 번 찾아갔지만 체스터필드 경에게서 푸대접을 받아 문간방에서 기다리다가 돌아오거나 문간에서 따돌림을 당했다. 그래서 절치부심하고 혼자 힘으로 7년에 걸쳐서 영어사전을 만들었다. 그러나 허영심 많은 체스터필드 경은 존슨의 영어사전이 완성되어 간다는 이야기를 듣고, 영국에서 최초로 저술된 영어사전의 페이트런으로 알려지고 싶다는 야심이 발동해서 그 사전을 자신에게 헌정해 주기를 바라면서 〈월드(The World)〉지에 새뮤얼 존슨의 노고와 업적을 치하하는 글을 두 개나 썼다. 치사한 것을 싫어하고 정직한 존슨이 그 꼴을 참고 봐줄 리가 있겠는가. 그래서 유명한 '체스터필드 경에게 보내는 공개서한'을 발표해서 후원도 하지 않고 은근히 후원자연 하려는 체스터필드 경의 검은 속셈을 꾸짖었다. 물론 존슨이 그리 프라이드가 높지 않은 문인이었다면 그때라도 체스터필드 경에게 사전을 헌정해서 약간의 금전적 도움도 받고 판매도 진작하려 했을지도 모른다. 그러나 존슨은 자기가 7년 동안 어떠한 도움도 없이 혼자 힘으로 사전을 편찬했음을 밝히면서 체스터필드 경에게 '페이트런이란, 사람이 물속에 빠져서 허우적거릴 때는 외면하다가 그가 자력으로 헤엄쳐서 해안까지 도달하면 필요 없는 도움으로 그를 성가시게 하는 사람이 아닙니까?'[02] 하고 물었다. 존슨은 18세기 중반 20-30년간 문단의 대부(代父)로 문단을 지배했으나 늘 재정이 궁핍해서 나중에 같은 문인인 새뮤얼 리처드슨에게 도움을 청한 일이 있다고 하고 리처드슨은 기꺼이, 그리고 조용히 요구한 도움을 주었다고 한다.

후원을 하는 방법은 1회 또는 몇 차례 금전적 도움을 주는 방법이 있지만 정말 후덕한 귀족이나 사업가는 도와줄 가치가 있는 예술가에게 연금을 양도해 주었다. 일정한 규모의 토지나 자금을 주어 거기서 나오는 소출(수익)이 매년 정기적으로 지급되도록 재산을 분할해 주는 것이었다. 그런 연금을 받는 시인이나 예술가는 물론 패이트런에게 때때로 감사를 표해야 하지만 생계가 위태로워 조마조마하면서 계속 아부를 하지 않고 시작이나 창작에 전념할 수 있었다. 존 러스킨이 인세수입으로 상당한 재산가가 되어 당대 새로

---

02 The letter to Chesterfield, pp.2445-56.

운 화풍의 화가들을 지원할 때도 이런 방법을 썼고, 이미 18세기에 도자기 재벌이 되었던 웨지우드 도자기회사의 사장 조사이아 웨지우드가 낭만주의 시인들을 후원할 때에도 이런 방법을 썼다. 지극히 아름다운 나눔이 아닐 수 없다.

어느 사회에서나 그 사람의 인격의 시금석이 되는 것은 돈과 권력, 그리고 애정일 것이다. 그런데 영국 신사의 사회에도 권력을 추구한 사람들이 있었지만 그 구성원의 숫자에 비해서 높은 비율은 아니었다. 영국의 의원직은 19세기까지도 무보수직으로, 재정적으로 안정된 사람이 국가와 사회를 위해서 '봉사'하는 직이라는 개념이 있었다. 그리고 그런 자세로 의회에 진출하는 사람도 분명히 있었다. '나는 의원이 되더라도 절대로 지역구의 이익을 위해 일하지 않겠다'는 공약을 내걸고 웨스트민스터 지역구에서 당선되었던 존 스튜어트 밀 같은 경우는 예외 중의 예외이지만 19세기 영국의 사회문제가 극심했기 때문에 사회를 바로잡는 데 힘을 보태려고 의회에 진출한 의원들이 없지 않았다. 그리고 무보수라 하더라도 고액 연봉을 훨씬 능가하는 이권을 챙기는 것이 당연히 가능했고 챙긴 의원들도 많지만 영국은 권력다툼이 상대적으로 덜 치열한 나라였던 것이 사실이다. 의회에서의 암투 같은 것은 딴 부류의 인간들의 일로 여기고 신사다운 한가롭고 우아한 생활에 전념하는 신사가 많았기 때문이다.

정계의 진출은 거의 예외 없이 본인의 선택에 의해서였지만 신사의 사회에도 빚은 본인이 원치 않고, 열심히 저항했는데도 지게 되는 경우가 무척 많았다. 빚을 갚을 능력이 없는 사람의 경우 빚은 눈덩이처럼 불어나기 마련이 아닌가. 영국에도 파산에 관한 법률이 있어서, 파산을 하면 모든 재산을 경매에 붙여 수익금을 채권자 전원에게 채권액 비율로 배당하면 법적 책임은 그로써 면제되었다. 그러나 신사는 타인에게 손해를 끼치는 것을 참을 수 없는 사람이다. 참을 수 있다면 신사가 아니다. 그래서 초인적인 노력으로 법률적인 책임 이상으로 빚을 완전 변제한 사람들의 유명한 일화가 많다. 문학과 관계 있는 인사들 중에도 존 러스킨의 아버지가 자기 아버지의 빚을 갚기 위해서 14년 동안을 단 하루의 휴일도 없이 일을 해서 (그러나 기독교 국가이기 때문에 일요일에는 일을 할 수 없기는 하다) 빚을 전부 갚았다. 그렇게 성실하게 일을 했기 때문에 그가 일하던 도메크 쉐리회사는 그에게 점점 중책을 맡기다가 영국지사장 겸 본사 부사장직까지 맡겼다. 그는 빚을 갚느라 결혼도 14년 동안 미루었다.

조지 엘리엇의 《플로스 강가의 물방앗간》의 주인공 매기의 아버지 털리버 씨는 신사계층이라고 할 수도 없는, 그냥 선대로부터 내려온 재산으로 편하게 풍족한 생활을 하는 자영업자이다. 그는 다혈질인 성격 때문에 처형과의 사소한 말다툼 끝에 처형에게 저리(低利)로 빌린 돈을 다른 데서 비싼 이자로 빚을 내어 갚아버리고 무모하게 송사를 일으켜서 (그의 처지는 정당했지만 법률적인 유, 불리를 제대로 따지지 않고 소송을 제기해서) 패소를 하고 파산하게 된다. 집과 가재도구가 모두 경매에 부쳐져서 경매 수익으로 빚을 법적 규정에 따라 변제하고 법적인 책임에서는 벗어났으나 그의 자존심은 자기에게 돈을 빌려주었다가 손해를 본 사람이 있다는 사실을 받아들이지 못한다.

시집 와서 자기만 바라보고 산 세상 물정 모르는 아내와 아직 어린 자식들을 위해서 절치부심, 원수로 생각하는 상대편 변호사 웨이켐이 차지한 자신의 물방앗간의 관리인이 되어 죽기보다 싫은 나날을 살아가지만 물론 철저히 정직하게 관리를 해준다. 얼마 안 되는 임금에서 최저한의 생활비만 쓰고 나머지는 꼬박꼬박 저금통에 모아서, 갚지 못한 빚만큼 모이는 날만을 고대하며 살아간다. 저금통에 돈이 조금씩 쌓여가는 것을 보는 것이 그의 유일한 낙이다. 그런데 그가 파산했을 때 아직 소년이던 그의 아들 톰이 집안이 파산하자 이모부의 회사에 말단직원으로 들어가서 성실히 일해 차츰 진급을 하고, 봉급의 일부를 저축했던 것을 친구의 주선으로 해외무역에 투자해서 급속도로 돈을 모아 아버지의 빚을 예상보다 몇 년 일찍 전액 변제할 수 있게 된다. 톰은 물론 효자여서 아버지의 철천지한을 푸는 길이 아버지의 빚을 갚아드리는 것임을 알아서이기도 하지만 또한 그 자신도 그 지역사회에서 언젠가는 중요한 사람이 되겠다는 포부를 갖고 있었으므로, 무모한 소송 끝에 파산해서 빚을 다 갚지 못하고 죽은 토머스 털리버의 아들로서는 그 사회에서 행세를 할 수 없기 때문에 자신의 명예와 앞날을 위해서이기도 하다.

아들의 도움으로 빚의 멍에에서 완전히 해방된 털리버 씨는 채권자들을 다 모아서 빚을 갚고 아들을 자랑스럽게 소개하고서 기고만장해서 돌아와서 저녁에 원수 웨이켐을 보자 그를 채찍으로 마구 때리고 뇌졸중으로 쓰러져서 얼마 못 가서 죽고 만다. 털리버 씨는 자타가 공인하는 '신사'도 아니었고 지역사회에서 대단한 인물도 아니었으나 남에게 폐를 끼치지 않는다는 신사의 명예와 윤리는 그에게 소중한 자존심의 필수요소였기 때문에 빚을 갚고 나서는 안심하고 눈을 감는다. 그 후 톰은 지역사회에서 신뢰를 얻고 이모부의 회사에서 점점 더 신임을 얻게 된다.

빚 유산을 어렵게 청산한 것이 출세의 발판이 된 예는 또 《북부와 남부》의 존 손튼의 경우에서 볼 수 있다. 손튼의 아버지는 심리적으로 불안정한 인물이었는데 거대한 노름빚을 지고 자살을 해버렸다. 독신이었다 해도 불명예스럽고 무책임한 처신이었는데 남은 가족에게 말할 수 없이 잔인한 유산을 남기고 죽은 것이었다. 집과 가재도구가 경매에 부쳐져서 가족이 살 집도 없어지는 것은 물론이고 그 불명예가 일생을 따라다닐 수밖에 없기 때문이다. 다행히 그의 아내와 아들은 그와는 정반대의 기질을 가진 사람들이라서 그의 아들은 열네 살의 나이에 다니던 학교를 그만두고 포목상의 점원으로 취직해 14실링의 주급을 받아서 어머니와 누이동생을 부양한다. 그의 어머니는 철의 의지를 지닌 여인이어서 생활비로도 빠듯한 주급 14실링 중에서 3실링을 반드시 저축해서 몇 년 후에는 아들이 조그맣게 사업을 시작할 수 있게 해준다. 아들은 돈을 조금 벌어서는 아버지의 채권자들에게 변제하지 못한 채무를 다 갚는다. 이 모습을 보고 그를 기특하게 여긴 아버지의 채권자 중 한 사람이 그의 사업에 투자를 해서 그는 밀턴-노던시의 유수 기업가의 한 사람으로 성장한다.

그는 자기의 이런 생애의 내력을 남부 신사사회 출신인 여주인공 마가렛과 그의 아버지 헤일 목사에게 말하는데, 헤일 목사는 딸이 그렇게 불명예스럽게 자살한 사람의 아들이고 점원 노릇을 한 사람과 면대하기도 역겨워할 것 같아서 걱정하지만 마가렛은 손튼의 여러 면모가 마음에 안 들지만 그의 의지력과 정직성을 높이 평가하고 그를 새로운 눈으로 보게 된다.

그 외에도 물론 이성 관계에서 이중플레이를 하지 않아야 하고, 혼인 약속은 어떠한 경우에도 상대편에서 먼저 파혼을 요청하지 않으면 파기할 수 없고, 사업적인 약속 등 모든 일에서 신사의 약속은 보증수표와 같아야 했다. 언어에는 시간이 갈수록 우스개와 과장이 더해지기 마련이어서 서양에서도 맹세를 할 때 하늘에 걸고 하는 맹세 이외에 별의 별것에 다 걸고 맹세를 하지만 신사는 'I give you my word'라고 하면 다른 말이 필요 없는 가장 강한 맹서였고 이는 신사가 필사적으로 지켜야 하는 맹서였고 지키지 못할 경우에는 신사는 자살로 책임져야 할 수도 있었다.

신사적 행동의 요체는, 한마디로 말해서 이해관계가 걸린 일에서 이익을 좇지 않고 정의를 좇는 것이다. 그래서 《북부와 남부》의 손튼은 신사계층 출신이 아니지만 자기 도시의 다른 사업가들이 대부분 투기와 매점을 할 때 거기에 가담하지 않았다가 사업을 접게 된다. 그는 '신사'라는 족속을 매우 싫어하고 자기에게 '신사'의 품위와 매너가 부족하다는 것을 첨예하게 느끼지만, 그의 지향목표인, 신사보다 나은 존재라고 믿는 '남자'(man)답게 행동하기 위해서 경제질서를 교란하고 소비자들에게 피해를 주는 투기와 매점에 가담하지 않았던 것이다. 여기에는 그가 여주인공 마가렛의 시선과 기준을 첨예하게 의식한 점이 강하게 작용했지만 마가렛이 아니었더라도 그는 자신의 자존심과 양심, 그리고 신과의 관계에 비추어 부정직한 일을 할 수 없었을 것이다.

또 하나 신사에게 부과된 의무는 남의 일이라고 해도 자기가 조언을 할 만한 처지에 있다면 친구 또는 친지에게 바른 조언을 해서 잘못된 길을 가지 않도록 도와주어야 한다는 것이다. 이런 일에 자기 일이 아니라고 해서 외면하고 친구가 실수를 하고 올바르지 못한 길로 가는 것을 방관하는 것은 신사의 도리가 아니다. 그러나 조언은 한 번으로 족하고 옳은 조언을 해도 그것을 받아들일 만한 지각이 없는 사람을 필사적으로 쫓아다니며 말릴 의무까지는 없었다. 신사의 사회란 누구나 교육을 받고 교양을 쌓을 수 있는 조건에 있는 사람들이 평등하게 교제하는 사회(society of equals)이기 때문이었다.

교양

신사가 항산이 있었다는 것은 실용지식이나 기술이 아닌 인문학적인 교양을 쌓을 시간적·재정적 여유를 지녔다는 말이 된다. 신사는 자기 자랑을 하지 않지만 은근히 자랑해도 괜찮은 것이 그의 서재이다. 대부분 신사의 서재는 몇 대에 걸쳐서 모은 책으로 이루어진다. 사교적 모임에는 물론 신사의 저택의 응접실(drawing room)과 식당(dining room)이 쓰이지만 신사들끼리 사무적인, 또는 내밀한 대화를 나눠야 할 때는 그 장소가 서재가 된다. 신사의 서재는 또한 그가 그의 토지관리인이나 변호사(법무사)를 만나서 사무적인 일을 처리하는 곳이기도 하다. 대부분의 사람들은 그의 장서를 보고 그의 학식과 교양을 가늠했고, 몇만 권의 장서가 비치된 서재의 주인은 돋보이기 마련이 아니겠는가.

물론 신사의 서재의 책은 비치해 놓고 과시하라고 있는 것이 아니다. 수만 권의 장서를 지닌 신사가 대화를 할 때 비속하고 이치에 맞지 않은 말을 계속 쏟아낸다면 더욱 수치스러운 일이 아닌가. 신사들 중에는 학문적인 열정을 느껴서 또는 무료함을 달래기 위해서 학문을 연마하고 과학적인 실험과 연구를 한 사람들도 적지 않았다. 《지질학의 원리(The Principles of Geology)》를 집필해서 기독교의 천지창조설을 근본적으로 뒤흔들고 다윈의 종의 진화에 대한 연구를 촉발해 준 찰스 라이얼이 그런 신사 학자였고, 그만한 업적을 내지는 못했어도 신사 아마추어 인문학자, 과학자는 많았다. 진화론을 완성한 찰스 다윈도 그런 신사 학자의 한 사람으로 볼 수 있다. 그는 1830년대 후반에 이미 진화론을 완성했지만 그것이 기독교 교리와 상충하기 때문에 기독교 신앙에 타격을 줄 것을 우려해서 20년간 발표하지 않고 유보하고 있다가 다른 사람이 독자적으로 진화론을 연구해서 발표 직전이라는 사실을 알고 《종의 기원(Origin of the Species)》을 1859년에 발표했다.

이런 전문적인 학술적 연구는 물론 사교모임에서 대화의 소재가 될 수 있는 것은 아니었고, 사교적인 모임에서 신사를 빛낼 수 있는 것은 주로 인문학적인 소양이었다. 신사들은 대화를 통해 자신의 안목과 식견을 보여주었고 상대방의 학문과 교양의 깊이를 가늠했다. 신사 간의 상호 대우는 그의 재산의 규모도 작용했지만 그의 교양의 정도에도 비례했다. 상대방의 영향력을 빌릴 필요가 없는 경우에는 더욱더 그러했다. 그리고 가문의 명성에 걸맞지 않게 교양 수준이 낮은 신사는 신사사회에서 경멸과 비웃음의 대상이 되었다.

신사가 교양을 쌓는 것은 물론 과시를 위해서가 아니라 (적나라한 교양이나 지식의 과시는 천박한 일로 여겨졌기 때문에 지각이 있는 신사라면 그런 종류의 과시는 삼가고 조심했다) 사물을 보는 안목을 높이고 판단력을 기르기 위해서였다. 판단력이 있는 신사는 처신이 올바르고 훌륭한 조언으로 주위 사람들에게 도움을 주어서 자연스럽게 자기 서클의 리더가 되었다.

그와의 대화가 늘 즐겁고 유익한 신사라면 어디서나 인기가 있지 않았겠는가. 신사는 일명 'a man of conversation'이었다. 늘 수다나 떨면서 사는 그런 사람을 말하는 것이 결코 아니고 어느 상황에서나 화제가 궁하지 않고 식견이 풍부해서 그와 대화를 하면 그의 견해에 저절로 수긍이 가고 자신의 식견이 모자랐던 점을 깨닫고 보완하게 되는 그런 종류의 사람이었다.[03] 물론 이것은 이상이었고 실제로 모든 신사가 그랬던 것은 아니지만 그래도 어느 사회보다도 식견이 풍부하고 상식이 굳건한 사람(men of common sense)이 많은 사회가 영국신사의 사회가 아니었을까 싶다.

신사는 체면을 중시할 뿐 아니라 다른 사람을 난처하게 하거나 좌중을 민망하게 하면 안 되기 때문에 감정을 적나라하게 표출하면 안 되었다. 그렇기 때문에 영국신사들은 과장 대신 축소해서 말을 했다(understatement). 불쾌해서 죽는 줄 알았다거나 정신 못 차리게 놀랐다는 말을, 과히 달갑지는 않았다, 좀 예상치 못했던 일이었다, 등으로 감정을 축소해서 말함으로써 호들갑 이상의 효과를 내는 매

---

03 Richard Steele, "The Gentleman, The Pretty Fellow"(*Tatler* 21), pp.2183-84.

우 영국적인 화법이다. 영국신사의 '재치'는 물론 사교모임을 즐겁게 하기 위해서 발휘하는 것이기도 했지만 사실은 자신의 분노나 억울함 같은 부정적인 감정을 재치 있게 표현함으로써 좌중에게 부담을 주지 않는 방식으로 분출하는 신사들의 무기였다. 그런 식으로 잘못을 지적당한 사람은 적절한 시정을 하지 않을 수 없었다. 물론 공격에 허점이 있을 경우에는 그 허점의 정곡을 찔러서 반박할 수도 있었다. 비수와 같이 날카로운 야유를 rapier thrust(劍擊)으로 불렀는데, 물론 그런 가시 돋친 대화가 늘 오간 것은 아니지만 정말 영국소설을 읽다보면 현란한 재치로 포장된 뼈 있는 공방에 진땀이 돋으면서 차라리 우리나라 식의 고성과 욕설이 견디기 쉽겠다는 생각이 들 때도 있다.

신사사회에서는 직설적인 공격이나 적나라한 비아냥은 용납되지 않았다. 사교장의 분위기를 불편하게 만들 뿐 아니라 품위를 떨어뜨리는 것이기 때문이다. 적나라한 비아냥은 분풀이가 되는 대신 자신을 더욱 곤란하게 하는 것이었다. 영국신사가 화가 나서 길길이 뛰고 고함을 치거나 억울한 감정을 제어하지 못해서 울먹이며 상대편을 비난하는 일은 '있을 수 없는' 일이었고 그런 모습을 보인 신사는 다시 사교계에 얼굴을 내밀기가 어려웠다. 신사사회는 한 구성원을 '왕따'시키는 여러 가지 방법이 있었다. 언중유골로 은근한 모욕을 주기도 하고 그냥 되도록 말을 하지 않음으로써 소외시키는 방법이 있었다. 그렇기 때문에 신사사회에서는 '토박이'가 아니면 자신이 놀림감이 되어도 알지 못하고 칭찬을 받는 줄 알고 좋아할 수도 있고, 그래서 더욱 웃음거리가 될 수도 있었다.

예절

우리가 보통 '신사'를 생각할 때 제일 먼저 연상되는 것이 예절이 아니겠는가? 속된 말로 예절을 뺀 신사를 신사라고 할 수 있겠는가? 깊숙이 허리를 굽혀 숙녀에게 예를 표하고 숙녀 외투의 탈의나 착의를 자연스럽게 도와주거나 우아하게 부축해서 마차에 오르고 내리는 것을 도와주는 신사의 모습은 우리에게 영화를 통해서 매우 익숙하다. 그러나 신사의 예절은 이런 사소한 동작의 범위를 훨씬 넘어서는 것이다. 예절의 요체는 상대방을 불편하게 하지 않고 매 상황에 '적절'하게 행동하는 것이었다. '예절'을 의미하는 단어들 중의 하나가 propriety인데 이는 'proper' 즉 '적절한'이라는 형용사에서 온 단어이다. 그냥 주먹구구식이 아닌, 순간의 기분에 좌우되는 것이 아닌, 그때의 정황과 그 자리에 있는 모든 사람들의 입장과 기분을 전부 고려해서 모두에게 최선인 말이나 행동을 선택하는 것이다. '예절'을 의미하는 또 하나의 단어 'courtesy'는 'court'에서 파생된 말이다. 예의범절의 규범인 궁정의 매너를 본받아서 정중하고 깍듯하게 상대편을 존중하는 것이다. decorum 역시 상대편에게 불편함이나 역겨움을 끼치지 않는, 말과 행동의 우미(優美)함이다.

　사교의 예절만 보더라도, 낯선 사람을 소개 받는 것에서부터 그와 가까워지는 하나하나의 단계마다 할 수 있는 일과 할 수 없는 일이 불문율이지만 명확히 구분지어 있다. 가령, 어느 모임에서 자기 친구에게서 익히 그의 이야기를 들은 어떤 사람을 보았다고 해서 그냥 다가가서 "아무개 씨 아닌가요? 나는 아무개라고 하는데 누구와 친한 사이로 그에게서 당신의 이야기를 많이 들었습니다" 하는 식으로 자기소개를 할 수 없는 것이었다. 그가 자기와 안면을 트고 싶어 할지 아닐지 알 수 없을 뿐 아니라 그런 식으로 사람에게 접근하는 것은 그의 친교대상 선택권을 무시하는 것이기 때문이다. 상대방이 자기보다 가문이나 재산 정도에 있어서 상위일 때에는 그것은 더욱더 해서는 안 되는 일이었다. 누구와 안면을 틀 때에는 반드시 믿을 만한 사람의 소개를 받아야 하고, 소개를 하는 사람은 양쪽의 재산 정도, 교양, 관심사 등을 전부 고려해서 양쪽 모두에게 이롭다고 생각할 때 소개한다. 왜냐하면 일단 안면을 튼 후에는 안다는 사실만으로 그 사람의 안위, 복지에 상당한 책임을 느껴야 하기 때문이다.

　1983년에 필자가 영국 런던대학에 한국문학을 강의하러 갔을 때 대영도서관을 이용하기 위해 어느 런던대학 교수의 소개장을 갖고 가서 사서에게 제출하고 출입증을 받았는데, 런던대학의 객원강사라는 신분증으로 충분하지 않고 소개장이 필요하다는 것이 참 재미있게 생각되었다. 소개장을 써준 교수 역시 대영도서관과 특별한 친교가 있거나 한 것은 아니었고 다만 그의 공적인 신분에 의거해서 추천한 것이었다. 대영도서관 측이 런던대학 객원강사에게 출입-대출증의 발행을 거절하지는 않았을 것 같지만 정교수의 소개장을 처리하는 것이 절차를 쉽고 관행적으로 했을 것이다. 나는 거기에서 영국이 낙후해 가는 이유를 읽은 것 같았지만 후에 그것이 신사사회의 유산이라는 것을 깨달았다.

신사사회에서는 가령 이웃에 누가 새로 이사를 왔을 때, 물론 그가 그 마을에 전부터 아는 사람이 있다면 그를 통해 이웃 사람들과 친교를 틀 수 있지만 그렇지 않을 경우에는 지역의 사교계에 진입하는 것이 쉽지 않을 수 있었다. 이런 경우 그의 이웃들은 하인들을 통해서 또 다른 경로로 그 가장이 어느 정도 재산의 소유자이며 그의 집안 내력이 대략 어떻다는 것을 다 알아본 후에 그와 친교를 틀 만한 사람이라고 생각되면 각 가정의 가장들이 환영의 뜻으로 개별적으로 그를 찾아가서 잠시 담소하고 돌아온다. 약 15분 정도 머무는 것이 표준이었던 듯하지만 화제에 따라서 방문시간이 조금 길어질 수도 있었다. 그리고 그는 답례로 자기를 찾아주었던 집들을 방문한다. 방문시간은 자기가 방문을 받았던 시간보다 조금 긴 것이 원칙이다. 더 짧다면 그 방문은 의례적인 것에 불구하고 더 깊이 사귈 의향이 없음을 표하는 것이 된다. 그리고 보통의 경우 답방에 그치는 것이 아니라 언제 가족과 함께 자기 집에 다과(tea)를 먹으러 오라고 초대를 하고, 그러면 다과를 먹으러 갔다가 다시 다과를 먹으러 오라고 답례 초대를 하고, 그래서 서로 사귈 만하다고 판단되면 두어 번의 다과회동 후에 정찬 초대가 이루어지는 식으로 사교가 진전되는 것이었다.

　이제는 미국이나 유럽의 사람들도 많이 달라졌지만 예전에는 한국 학생들이 미국에 유학을 가면 미국 사람들이 너무나 쉽게 집으로 식사 초대를 해서 놀라고 가슴이 뛰는데 또 그 다음엔 안부 전화도 없어 허탈했다는 말을 많이 한다. 반대로 유럽에 유학한 학생들은 유럽 사람들은 알고 나서 한참이 되어도 집으로 초대를 안 해서 야속하게 생각했지만 한번 집에 초대를 하고나면 그 다음에는 지속적으로 초대를 하고 체류하는 동안 마치 가족처럼 걱정해 주고 보살펴 주어서 감격스러웠다는 이야기들을 했다. 그러니 18세기, 19세기의 신사사회의 친교수립 절차야 오죽이나 까다로웠겠는가. 제인 오스틴의 제일 인기 있는 소설 《오만과 편견》을 보면 동네에 연 4,000파운드의 수입이 있는 '에이스' 신랑감이 이사를 온다니까 딸 가진 집에서는 모두들 흥분하고 기대에 차는데, 딸이 다섯이나 되는 베네트 부인(Mrs. Bennett)이 남편에게 그 남자를 신속히 보러 가라고 보챈다. 남편은 자기가 왜 귀찮게 알지도 못하는 사람을 보러 가냐면서 아내를 약 올리지만 그도 딸이 다섯이나 되는데 물려 줄 재산이 하나도 없어서 속으로는 걱정이 컸기 때문에 그를 방문한다. 그래서 베네트 가문은 이 청년과 친교를 맺게 되고 소설 같은 파란을 겪은 후에 그 청년과 맏딸 제인의 혼사가 이루어진다.

한편 베네트가에는 콜린즈 씨라는 친척이 있는데 그는 베네트 가족에게는 전혀 달갑지 않은 친척이다. 베네트 씨의 재산이 남자 후손만이 상속할 수 있는 한정상속 토지여서 딸이 다섯이나 되어도 딸들에게는 전혀 상속되지 않고 먼 남자 친척인 콜린즈 씨에게 상속되도록 되어 있기 때문이다. 콜린즈 씨는 물론 법제도에 의해서 베네트 씨의 상속자가 되었지만 어쨌든 다섯 딸을 제치고 베네트 씨의 재산을 통째로 상속하게 되었다. 미안해 할 성질의 일은 아니지만 미안함을 표하고 성의 있는 '보상'을 한다는 이유로 베네트가를 방문한 그가 생각하는 보상은 자기가 아버지의 유산을 상속하면 거리에 나앉게 될 딸들 중 하나를 신부로 선택하는 일이었다. 그는 이미 베네트가의 딸들이 미인이라는 소문을 들었고, 그가 목을 달아매는 그의 후원자(patroness) 드 버그 부인이 그에게 참한 아가씨와 결혼을 하라는 조언을 주었기 때문이다. 속이 빈 데다 아부(阿附)가 전공인 콜린즈 씨에게 자기 소유지 내의 교구를 내 준 이 후원자의 조언은 지상명령이나 다름없다.

무례의 극치인 그의 청혼은 나중에 논하기로 하고, 그는 베네트가의 손님으로서 마을의 무도회에 초대를 받아 가서, 그 장소에 자기의 후원자 드 버그 부인의 조카인 다시가 있다는 사실을 알고 그에게 자기를 소개하고 경의를 표하겠다고 한다. 엘리자베스는 그 결례를 말려 보려 하지만 못 말리는 콜린즈 씨는 기어코 다시에게 자신을 소개한다. 콜린즈 씨와는 내용적으로는 전혀 한 가족이 아니지만 그 집회에는 자기 집 손님으로서 참석한 것이기 때문에 엘리자베스는 오만한 다시가 그런 접근에 놀라움을 금치 못하는 것을 보고 수치심과 모멸감에 속이 상한다.

역시 제인 오스틴의 소설 《노생거 사원(Northanger Abbey)》에서는 캐서린이라는 순진한 여주인공이 이자벨라 소프라는 몇 살 연장의 젊은 여성을 만나는데 만난 지 얼마 되지 않아서 이자벨라가 캐서린이 친자매처럼 느껴진다면서 이제부터 서로 이름을 부르자고 제안을 하고, 캐서린도 그녀가 자기에게 그런 친밀감을 느낀다는 것이 기뻐서 그렇게 하자고 하지만 결국 그 여성은 경솔하고 도덕적으로 해이한, 깊이 사귀지 않는 것이 좋았을 여성임이 드러난다. 그렇게 사람을 사귈 때 격식을 무시하고 그야말로 '맨발 벗고' 달려드는 식의 접근은 언제나 그 자체로 부적절하고 대개는 무언가 떳떳치 않은 의도로 밀착되려고 하는 경우가 많은 것이었다.

구애의 법도

소설이나 드라마의 소재로 사랑이 그렇게 자주 등장하는 이유는 아마도 사랑이 사람의 됨됨이와 인격을 송두리째 드러내는 기제이기 때문이 아닌가 한다. 물론 사랑만큼 사람으로 하여금 본성을 위장하게 만들고 자기를 미화하게 만드는 것도 없겠지만 사랑이 위기에 봉착할 때는 여지없이 사람의 본성이 탄로 나는 것이 아니겠는가. 신사사회 역시 인생에서 가장 아름답고 가장 살벌한 사랑을 더욱 아름답게 하고 덜 살벌하게하기 위해서 여러 불문율을 마련했다.

사실상 신사사회 사교계의 존재이유의 반이 청춘남녀가 안면을 트고 가까워질 수 있도록 하는 것이었던 만큼 구애의 법도는 매우 각별한 것이었다. 물론 서구라고 해서 결혼이 당사자들의 사랑만으로 성사되었던 것은 아니다. 사실상 부모가 '기획'한 결혼도 매우 흔했지만 어쨌든 사실상의 정략결혼도 형식은 젊은 남녀가 만나서 사랑에 빠져 신랑의 구혼을 신부가 받아들여서 하는 결혼이었다.

젊은 남녀는 많은 사람이 모이는 무도회 같은 곳에서 우연히 만날 수도 있고, 집안 어른이나 동네 어른이 젊은 여성과 남성을 소개시켜 주어서 만나기도 했다. 비교적 남의 일에 간섭을 하지 않으려하고 냉담한 영국인들도 인류공통의 중매본능은 결여하지 않았다. 청춘 남녀는 소개를 받으면 처음부터 긴 대화를 나누거나 할 수는 없고 남 보기에 부적절하지 않을 정도로 상대방을 탐색하면서 점차 가까워진다. 청춘 남녀가 단번에 가까워질 수 있는 절호의 찬스가 무도회이다. 춤을 추면서 자연스럽게 대화를 나눌 수 있고, 춤을 출 때의 신체적 근접성이 호감을 친밀감으로 발전시켜 줄 수 있기 때문이다. 그러나 상대가 마음에 든다고 해서 하룻밤 내내 둘이

만 춤을 추거나 할 수는 없다. 춤은 반드시 남성이 요청을 하고 여성이 수락을 해서 추게 된다. 남성으로서는 당연히 마음에 드는 상대에게 요청을 하지만, 여성이 마음에 안 드는 상대를 거절할 수 있는 경우는 피곤하거나 내키지 않아서 그 곡을 추지 않기로 마음을 확고히 정했거나 이미 그 곡을 같이 추기로 한 상대가 있을 때이다. 그러니까 '아무개 씨와 추기로 약속했기 때문에 당신과 출 수 없어서 미안하다'면서 거절하고 그 아무개씨와 추어야 한다. 선약이 있다고 하고 사실 선약이 없어서 춤을 추지 못한다거나, 춤 출 기분이나 형편이 아니라고 상대를 거절하고서 다른 상대와 춤을 추어서는 안 된다. 선별적인 상대 고르기는 신사에게 모멸감을 안겨 주는 결례이기 때문이다.

18세기 후반에 출간된 패니 버니라는 작가의 여성성장소설 혹은 데뷔소설 《이블리나(Evelina)》에 보면 주인공 이블리나가 생전 처음 런던 사교계의 무도회에 참석한 날, 윌로비라는 어쩐지 신뢰할 수 없는 인상의 남자가 춤을 신청했는데 내키지 않아서 얼떨결에 거절을 하고 다음에 신청한 오르빌 경과 춤을 추는데 그 사실을 알고 그녀의 보호자들이 대경실색을 하는 대목이 나온다. 이블리나는 한적한 시골에서 목사의 피후견인으로 런던의 사교계와는 아무런 인연이 없이 자랐기 때문에 보통 처녀들은 사교계에 첫 발을 내딛기 전에 습득하는 기본 상식조차 몰랐던 것이다.

구애라는 게임에서 여성은 절대로 남성에게 청혼을 할 수 없는 것은 말할 필요도 없고 만남(요즘 말로 데이트)을 요청한다든가 할 수도 없었다. 물론 약혼한 또는 연인으로 공인되다시피 한 사이에서는 의사표시와 요구가 가능한 일이었지만 여성은 구애에 있어서 거의 전적으로 수동적이어야 했다. 그렇다고 해서 남성은 이 여자 저 여자 옮겨 다니며 구애를 하고 정신적인 농락을 해도 되는 것은 아니었다. 은밀하게 육체적인 관계까지 가고 나서 결혼을 거절한다면 여자의 오빠나 아버지와 결투를 해서 죄를 씻거나 살인의 죄까지 저질러야 했고, 육체적인 농락까지는 아니라 해도 여자에게 상당히 진지하게 접근해서 여성 자신도 그가 청혼을 해올 것이라고 믿고 주위 사람들도 두 사람이 조만간 결혼하게 될 것으로 믿는 지경에 이르렀는데 갑자기 발을 딱 끊거나 다른 여자에게 구애를 하기 시작했다면 (더욱이 그 여자가 종전의 여성보다 재산이 많다거나 집안 배경이 좋아서 정략적 의도가 의심된다면) 그 남자는 신의 없는 부도덕한 남성으로 여론의 비난을 받아야 했다. 그러나 남성의 경우 그 때문에 혼인길이 막히지는 않았고 다른 여성과 혼담이 있을 때 신붓감의 도덕적 감각, 기타 요인에 의해 혼인에 장애가 될 수는 있었다. 여성의 경우에는 어떤 남자와 사랑이 무르익었다가 청혼을 받지 못했다는 소문이 나면 결혼에 상당한 장애요인이 되었다. 경제적 자립의 길이 없는 여성이 언제나 결혼시장에서 더 불리했기 때문에 여성은 피해자이면서도 더 큰 불이익을 받게 되는 경우가 흔했다.

남성의 경솔한 구애로 인해서 여성이 타격을 입는 사례는 영국

소설에 너무나 흔히 등장한다. 남성들은 여성들에게 '찬사'를 보내는 것이 신사의 예절이고 의무이기도 했으므로 남성들도 처신이 어렵기는 했을 것이다. 신사도의 중요한 항목 중에 'gallantry'라고 하는 것이 있는데 원래는 기사도에서 기사의 의협심을 지칭하는 말이었다. 중세의 기사들은 무술시합(토너먼트)에 나갈 때나 또는 전쟁에 나갈 때 자기 이상(理想)의 여인에게 정정당당하게 싸워서 승리하고 돌아와서 그 여인에게 영광을 돌리겠다는 맹세를 한다. 모든 기사에게는 그가 섬기는 귀부인이 있어야 했다. 이 귀부인은 자기의 연인일 필요는 없고 다른 사람의 부인이어도 좋았다. 프랑스의 앙리 2세는 아홉 살 때 무술시합에 나가면서 당대 프랑스 최고의 미녀로 이름 높았던 디안 드 푸아티에(Diane de Poitiers)에게 잘 싸워서 그녀에게 승리의 월계관을 바칠 것을 맹세했다. 그리고 승리의 월계관을 얻고 돌아와서 그녀의 발아래 내려놓으면서 '내가 크면 당신과 결혼하겠습니다'라고 말했다고 한다. 그리고 그녀와 결혼은 하지 못했지만 16세 때 35세의 그녀와 연인이 되었고, 그녀를 일생 연인이며 또한 정치적 참모로 삼았다.

이런 전통 탓에 서양의 상류사회 남성은 여성에게 그녀의 아름다움과 매력, 교양을 찬미하는 것이 신사로서의 도리였다. 그리고 우습게도, 약자(인 여성)가 위기에 빠졌을 때 그(녀)를 구해주기 위해서 발휘해야 하는 의협심, 용기인 'gallantry'가 그만 여성의 기분을 좋게 해주는 입에 발린 찬사로 전락해 버렸다. 이 때문에 악의 없이 순전히 여성의 기분을 좋게 해주기 위해서 여성에게 찬사를 바치다가 오해를 불러일으켜 입장이 곤란해지고 세간의 비난을 받는 남성도 적지 않았다. 물론 자기 딴에는 찬사랍시고 해본 말이 성희롱적 언사가 되는 경우도 적지 않았다. 여성의 아름다움과 매력을 찬미하다 보면 여성에 대해 관심을 표시하는 것이 되고 그것이 반복되다보면 여성에게 기대를 불러일으키게 되기도 쉽지 않겠는가. 그런 귀찮은 상황을 염려해서는 아니지만 《오만과 편견》의 다시 같은 남성은 여성에게 전혀 그런 찬사를 보내지 않는 유형이고, 그래서 그는 (물론 그는 남성들에게도 전혀 싹싹하고 붙임성이 있지 못했지만) 오만하다는 비난을 피하지 못했다. 이것은 남성의 딜레마라 할 수 있었다. 여성에게 냉담해 보이지 않고 한편 추근대지도 않으면서 적절한 칭송으로 경의와 관심을 표하기는 어느 시대, 어느 지역에서나 쉬운 일은 아닐 것이다. 신사의 허사(虛辭)적 찬미가 도를 넘어서 여성에게 헛된 기대를 갖게 하는 것을 방지하기 위해서 여성에 대한 추근거림에는 엄격한 룰이 존재했고, 그 도를 넘친 남성은 혹독한 도덕적 비난을 받았다. 여성이 결혼시장에서 워낙 취약한 입지에 있었기 때문에 여성을 보호해야 했기 때문이었다.

양식이 있는 남성들은 예의와 무례의 경계를 알았다. 개중에는 정말 세상 물정을 몰라서 '실수'를 하는 남성들도 있었고, 상대편의 품위나 기분을 배려하지 않고 자기의 순간적 기분, 일시적인 기호를 표출해 버리는, 도덕적 분별이 부족한 남성들도 있었다. 이런 남성들의 피해자가 되는 여성은 당연히 많았다. 문학작품 속에는 현실에서보다 더 많았다고는 생각되지 않는다.

　문학작품 속에 나오는 이런 남성의 한 극단적 유형이 제인 오스틴의 《분별과 감수성(Sense and Sensibility)》의 월로비일 것이다. 이 작품의 두 여주인공 중에서 동생 매리앤은 아버지가 돌아가시고 나서 세 모녀가 생활비를 줄이기 위해서 시골에로 갔을 때 월로비라는 아주 정열적이고 개성적으로 보이는 청년을 만나 사랑에 빠진다. 둘의 만남은 매리앤이 밖에 나갔다가 갑자기 소나기를 만나 서둘러 집으로 오다가 넘어져서 발을 삐는데 월로비가 지나가다가 그녀를 집으로 운반해 주는 매우 극적이고 낭만적인 방식으로 이루어진다. 시와 예술을 소재로 멋진 대화를 할 줄 아는 월로비는 세상의 이목 따위를 두려워하지 않는다며 개성을 따라 사는 것을 찬양하고 매리앤은 그런 그가 멋있어 보여서 자신도 세상의 이목을 개의치 않고 그와 들판을 달리며 로맨티시즘에 탐닉한다. 그러나 그는 매리앤을 결혼상대로 생각하고 있지 않았고 갑자기 마을에서 사라져버린다. 후에 그가 돈 많은 여자와 결혼한다는 소식이 들려오고 매리앤은 말할 수 없이 깊은 상처를 입고 열병에 걸려 거의 죽다가 살아난다. 제인 오스틴의 '악당'은 모두가 이렇게 성적인 에너지가 과잉이며 진지한 의도 없이 여성에게 접근하는, 그러니까 자기의 쾌락과 허영심이 우선이고 여성의 비위는 잘 맞추지만 여성의 심경과 명예를 존중하지 않는 남자이다.

이 작품에는 매리앤, 윌로비와 극단적으로 대조되는 매우 분별력이 강한 남녀 엘리너와 에드워드 페라스가 등장한다. 에드워드는 엘리너와 매리앤 자매를 이유 없이 —또는 도와주어야 마땅한데 도와주기 싫어서— 미워하는 올케의 남동생이다. 에드워드는 누님의 집에서 엘리너를 보고 엘리너를 사랑하게 되고 엘리너도 그에게 깊은 호감을 갖게 되는데 그는 엘리너에게 선뜻 접근을 못하고 뒤로 물러서곤 한다. 엘리너는 안타깝지만 표현은 못하고 그냥 그를 단념하도록 자신을 타이른다. 그러다가 그에게 비밀 약혼자가 있다는 사실을 알게 된다. 그가 미숙한 청년이었을 때 자기 가정교사(tutor)의 여동생에게 청혼했는데 어머니가 그 사실을 알면 재산상속에 장애가 생길까봐 공개하지 않고 있는 것이었다. 그런데 그의 약혼녀 루시는 교양도 없고 도덕심도 매우 부족한 여성이었다. 그래서 에드워드는 그녀에 대한 애정이 완전히 식었지만 자기를 바라보고 기다리는 약혼녀에게 파혼을 선언한다는 것은 신사로서 결코 할 수 없는 일이어서 도살장 행을 기다리는 소의 심경으로 살아가는데 엘리너를 만나서 사랑하게 되니 너무나 우울하다.

　그런데 루시는 비밀로 지켜야 할 약혼사실을 엘리너에게 자랑하고, 루시의 언니는 에드워드의 누님인 엘리너의 올케에게 동생과 에드워드의 비밀약혼 사실을 이야기한다. 에드워드의 누님이 자기네 자매를 런던의 집으로 초대해준 데 대한 보답의 차원이었는데 에드워드의 누님은 노발대발해서 어머니에게 이 사실을 이르고, 어

머니는 아들에게 루시와 파혼을 하지 않으면 재산을 한 푼도 물려
줄 수 없다고 통보한다. 에드워드는 이 상황을 파혼의 '핑계'로 사용
할 수도 있었겠지만 신사답게 파혼을 거절하고 어머니로 부터 절연
을 당한다. 그런데 에드워드가 가난뱅이가 되게 된 사실을 안 루시
는 에드워드 몫까지 상속을 받게 된 그의 형에게 접근해서 그와 깜
짝 결혼을 한다. 그래서 에드워드는 멍에와 같은 약혼에서 풀려나
게 되고 엘리너와 결혼할 수 있게 된다.

　이런 '비밀 약혼'은 많은 신사 숙녀에게 몹시 가혹한 것이었다. 신
사사회에서는 '맨주먹'으로 결혼하는 것이 불가능했다. 우리의 근
대화 과정에서는 젊은 신혼부부가 남의 집 문간방에 전세나 사글세
(朔月貰)로 세들어 사는 것으로 시작해서 하나씩 가재도구를 장만하
고, 나중에는 집을 장만하고 하면서 경제적·사회적으로 자리를 잡
는 것이 당연했지만 신사의 사회에서는 신사사회의 일원이 될 만한
최소한의 경제기반이 있어야 결혼을 할 수 있었다. 하인이 하나도
없는 신사 숙녀의 가정은 생각도 할 수 없는 것이었다. 그래서 생활
의 기반이 생길 때까지 (유산이 들어올 때까지) 사랑하는 남녀는 약혼을
하고 (무작정) 기다렸다. 많은 경우에는 부모나 재산을 물려 줄 사람
이 약혼 사실, 또는 약혼의 상대를 안다면 상속을 안 해줄 가능성이
커서 약혼 사실을 비밀로 했고, 이럴 때 긴 약혼의 고통은 배가되는
것이다. 약혼을 한 사실을 모르는 다른 이성의 구애를 받을 수도 있
고, 중매를 해 주겠다는 호의, 훌륭한 신붓감이나 신랑감이 있으니

결혼하라는 집안의 압력 등을 회피하는 것이 결코 쉽지 않았다. 또 《분별과 감수성》의 에드워드의 경우와 같이 도중에 약혼한 상대에게 환멸을 느끼고 애정이 식는 경우에는 비밀약혼은 지옥이 된다.

비밀약혼은 아니고 공개적 약혼이었지만 19세기 중엽의 시인 테니슨(Alfred Lord Tennyson)은 젊었을 때 가난해서 18년간의 약혼 끝에 요절한 친구를 추모하는 장시 《인 메모리엄(In Memoriam A. H. H.)》이 대 히트를 치며 일약 국민시인이 된 후에 결혼할 수 있었다. 앞에서 말한 바와 같이 미술평론가 러스킨의 아버지도 그의 아버지의 빚을 갚느라 14년간의 약혼 끝에 결혼했다.

오스틴 소설 《에마(Emma)》에서 프랭크 처칠도 비밀약혼을 한 경우이다. 그러나 겨우 스물세 살에 어려운 상황을 별로 견뎌보지 않은 그는 매우 고통스러울 수 있는 이 상황을 재미있게 생각하고 유희의 소재로 삼으려고 한다. 그는 어려서 어느 부잣집에 입양되다시피 해서 그 집의 유산을 물려받을 가능성이 매우 큰데다가 외모가 아주 잘생겼기 때문에 일급 신랑감으로 꼽히고 있었다. 한편 그는 (그 막대한 유산을 포기할 각오를 하지 않는다면) 그 부잣집의 변덕스럽고 제멋대로인 마님을 거스르지 않기 위해서 원칙을 굽히고라도 마님의 뜻에 따라, 상황적 필요에 따라 행동할 수밖에 없는 처지에 있다. 그는 이에 대해 불편해하지만 이런 자기의 처지를 또한 핑계로 이용한다. 그래서 자기 아버지가 재혼하자 아버지와 새어머니에게 당연히 와야 할 인사를 오지 않고 있다. 그의 후원자 마님이 몸이 불편해서 그녀의 곁을 떠날 수 없다는 핑계로. 원칙적으로는 그녀가 못마땅해 하더라도, 또 그로 인해 불이익이 발생하더라도, 아들로서의 도리를 하기 위해 새어머니를 예방(禮訪)해야 하는 것인데도. 그런데 그가 휴양지에서 아버지와 새어머니가 사는 고장의 처녀를 만나 사랑에 빠져 비밀약혼을 한 후에 그는 그 고장을 방문한다.

아버지와 새어머니에게 인사를 드린다는 명목으로 후원자 마님에게 여행 승낙을 받은 것이지만 주 목표는 약혼녀를 보기 위해서 온 것이다. 그리고 그는 이발을 위해서 런던에 가야 한다면서 하루를 꼬박 출타했다가 돌아온다. 그가 고급이발관에서 이발을 하기 위해 꼬박 하루를 소비한다는 사실은 시골 사람들에게 무척 놀라운 일이 아닐 수 없었다. 그러나 그는 이발을 한다는 명목으로 런던에 가서 그의 멋쟁이 취향을 만족시킬 이발을 하고, 런던의 악기상에서 음악을 너무 좋아하고 아주 훌륭한 피아노연주자인 약혼녀에게 줄 피아노를 구입해서 배달시킨 것이다. 그런데 그는 그 악기를 선물하는 사람의 이름을 밝히지 않고 그냥 독지가의 선물로 보내서 가난한 약혼자인 제인 페어팩스가 사람들로부터 많은 불미스러운 오해를 받게 만든다. 사람들은 제인이 어떤 패트론에게서 선물을 받은 것이 아니냐, 자기 절친한 친구의 신랑과 모종의 관계가 있어서 그가 보낸 것일 것이다 등등의 추측을 하고 이는 제인에게 말할 수 없는 고통을 준다. 하지만 프랭크는 나중에 오해가 걷혀서 제인의 명예가 회복될 테니 문제될 것이 없다고 생각했고, 사람들의 무성한 억측을 재미스러워 한다. 그리고 제인 패어팩스와 가깝다는 사실을 사람들의 이목으로부터 감추기 위해 그 마을 제일의 신붓감인 에마에게 관심을 보이고 찬사를 바친다. 에마가 신랑감을 학수고대하고 있는 처녀였다거나 쉽사리 그를 사랑하게 되었다면 그녀에게 큰 상처를 줄 수도 있는 상황이었다. 물론 프랭크는 에마가 당당하고 무엇 하나 아쉬울 것이 없는 처녀라서 자기가 접근했다가 물러나도 가볍게 받아넘길 것으로 생각했기 때문에 그런 연극을 벌인 것이다. 사실 그는 에마에게 자기 비밀을 털어놓고 자기가 약혼자와 만나고 연락하는 데 조금 도움을 얻을까 하는 생각도 하기는 했었다. 하지만 에마에게 매우 무례한 일이었을 뿐 아니라 그의 약혼녀인 제인에게는 말할 수 없는 모욕이었다. 그런 것이 남녀의 접촉이 비교적 자유로웠던, 그러나 결혼은 사랑만으로는 할 수 없었던, 유럽에서 일어날 수 있는 희비극이었다.

오스틴 소설 《설득(Persuasion)》의 남주인공 웬트워스는 가난한 청년시절에 준남작[baronet: 남작(baron)과 기사(knight) 사이의 작위로서 귀족과 신사사회의 양쪽에 다 속했던 귀족인데, "영국 귀족명부"(The Book of British Peerage)에 등재된다]의 딸인 앤과 사랑에 빠진다. 하지만 곧 결혼할 형편도 못 되고 앤의 가족이 매우 못마땅해 하기 때문에 비밀약혼을 한다. 앤의 아버지는 남의 눈을 끄는 화려한 미모의 큰딸만 대단하게 생각하고, 차분하고 지적인 미모의 둘째 딸 앤은 안중에도 없는

데 앤이 집안도 재산도 없는 웬트워스와 결혼을 하겠다니 고려의 대상도 못 된다는 듯한 태도를 취한다.

앤에게는 돌아가신 어머니의 절친한 친구로서 그녀를 자기 딸처럼 아끼고 사랑하는 레셀부인이 있는데 레셀부인은 그런 신중하지 못한 결혼이 불행한 결혼생활을 초래할 뿐 아니라 웬트워스의 장래도 가로막는다고 누누이 파혼할 것을 권고한다. 앤은 웬트워스의 장래를 위해서, 그리고 레셀부인의 마음을 존중하는 의미에서, 비참한 심경으로 파혼을 한다. 웬트워스는 몹시 분노해서 앤을 줏대 없이 남의 말에 휘둘리고 신의가 없는 여자라고 비난하며 떠나버린다.

그런데 8년 후, 앤은 여전히 아버지에게 미미한 존재이고 그간 간혹 구애를 받아도 웬트워스만을 그리워하며 거절했고, 나이도 스물일곱이나 되어서 외모도 시들어가는 노처녀가 되었다. 하지만 웬트워스는 나폴레옹 전쟁에서 무공을 세워 잘 나가는, 재력도 든든한 청년장교가 되어 누님이 거주하고 있는 앤의 마을로 온다. 그는 아직도 자기가 앤에게서 버림받았다고 생각하기 때문에 앤에 대한 감정의 응어리가 풀리지 않은 상태여서 앤에게는 인사도 제대로 하지 않는다. 게다가 어디를 가나 처녀들에게 인기가 있으니 무척이나 기고만장하다. 웬트워스는 자기를 공공연히 좋아하는 순진한 자매 루이자와 헨리에타와 자주 어울리면서 그들과 심각하지 않은 대화로 소일하기를 즐긴다. 그것을 지켜보는 앤은 속이 탄다. 물론 자기가 아직도 사랑하고 있는 웬트워스가 다른 여성들과 어울려서 즐거워하는 것이 보기에 고통스럽기도 하지만 그보다 그가 악의는 없으나 매우 경솔하게 두 자매에게 호의를 보여서 당자들에게 상처를 주고 세상의 비난을 살 행동을 무심코 하고 있기 때문이다. 앤은 그가 두 자매 중 빨리 한 사람을 선택해서 두 여자를 갖고 농락했다는 비난을 듣지 않기를 바라는데 그는 해군으로 오래 처녀들을 구경 못하다가 젊고 명랑한 아가씨들과 자주 만나게 되니 순진하게 즐거워하며 깊이 생각하지는 못한다.

그러다가 루이자가 가족 친지들과 놀러간 관광지에서 장난으로 축대에서 뛰어내리다가 머리를 다치는 사건이 일어나고, 웬트워스는 사람들이 루이자를 그의 애인으로 생각하고 있다는 것을 알고는 자신의 처신이 얼마나 경솔했는가를 깨닫고 경악한다. 그래서 그는 루이자가 만약 자기에게 호감을 갖고 있다면 그녀가 뇌를 다쳐서 정신박약이 되었더라도 신사의 도리로서 그녀와 결혼할 수밖에 없다고 결론을 내린다. 그런데 루이자가 절벽에서 뛰어내려서 머리를 길바닥에 부딪쳐 의식을 잃고 모든 사람들이 경악하고 당황해서 정신을 못 차리는 상황을 수습하는 앤의 모습을 보고 앤이 얼마나 사려 깊고 훌륭한 여성인가를 깨달으면서 그녀에 대한 사랑이 되살아난다. 그러나 그는 그저 명랑해서 같이 시시덕거리기 좋았던 루이자와, 더욱이 그녀가 어떤 상태로 회복할지를 모르는 상황에서, 결혼해서 앤과는 영영 헤어질 수밖에 없음을 깨닫는다. 그러나 그는 자기의 후회와 상실감을 혼자 삼킬 수밖에 없다.

이런 식으로 자신의 행동에 대해 '책임'을 지기 위해서 원하지 않는 결혼을 한 신사의 예는 무수히 많다.

숙녀도 물론 일단 한 약혼을 쉽게 무를 수 있는 것은 결코 아니었지만 그럴 만한 사유가 있을 때는 파혼을 요청할 수 있었다. 현대적인 관점에서는 사랑하지도 않으면서, 그리고 사랑을 줄 수도 없으면서, 결혼을 하는 것이 그 여성에 대한 진정한 예의가 될 수 있는가 하는 의문이 인다. 하지만 여성의 결혼적령기도 짧고 혼기 안에 결혼하지 않으면 예외 없이 노처녀로 쓸쓸한 일생을 보내야 하고, 절대 다수의 여성은 결혼 이외에는 자신의 존재를 인식시킬 도리도 없고 생계마저 해결이 어려웠던 시대에는 남자에게 그만큼 책임을 지우지 않는다면 여성은 농락에 취약한 처지에 있었다.

그러나 신사가 이렇게 명예롭게 책임을 지는 경우는 대부분 '숙녀'에 대해서만이었다. 소작인의 딸이나 소상인의 딸, 또는 하녀나 상점 점원 같은 여성의 경우는 농락을 하고도 약간의 경제적 보상이 전부였다. 조지 엘리엇의 첫 장편 《애덤 비드(Adam Bede)》에서 대지주의 아들 아더 도니손은 동네 소작인의 조카딸 헤티 소렐을 보고 너무나 예쁘고 사랑스러운 소녀라서 한 번 두 번 몰래 만나면서 고가의 선물도 하는데 물론 그가 정식으로 헤티와 결혼을 '해줄' 가능성은 거의 없다. 영국에서는 소작인의 딸이 지주의 부인이나 며느리가 된다는 것이 제도적으로 불가능하지는 않았고 간혹 지주

나 상류층의 남성이 자기보다 훨씬 낮은 계층의 여성과 어쩔 수 없
는 상황에서 (대개 여자가 임신을 해서) 정식으로 결혼하는 일이 있었지
만 소작인 계층의 여자가 임신을 하고도 버림받아서 쓸쓸히 죽거나
거리의 여자로 전락하는 예는 무수히 많았다. 헤티는 자기가 정식
으로 아더의 부인이 되는 것은 어려운 일이라는 것은 알았지만 거
칠고 투박한 자기 계층의 남성들과는 차원이 다를 정도로 잘생기고
고귀한 지주의 도련님이 무작정 좋고, 아더가 자기를 그렇게 사랑
하는데 설마 버리겠는가, 설마 다른 여자와 결혼하겠는가 하는 생
각에 그의 행동을 저지하지 않았다가 결국 금단의 선을 넘고 만다.
헤티를 사랑하는 순박하고 정직한 애덤 비드는 아더에게 헤티를 책
임질 수 없으면 헤어지라고 촉구하고 아더도 자신이 헤티를 책임질
수 없음을 깨닫고 그 마을을 떠나서 자기 군대로 돌아간다.

혼자 남은 헤티는 자기가 임신한 사실을 알게 되고, 배는 자꾸 불
러오는데 아더에게 그 사실을 알릴 방도가 없어 혼자 고민하다가
해산이 다가오니 아더를 찾아 무작정 길을 떠난다. 해산이 임박해
서 길에서 만난 친절한 여자의 도움으로 아이를 낳지만 아이를 주
체할 길이 막막한 헤티는 공포에 질려서 아이를 길가의 구덩이에
넣어버린다. 헤티는 아이의 울음소리 때문에 멀리 가지 못하고 아
이에게로 되돌아가지만 아이는 이미 숨을 거둔 뒤였다.

결국 아이는 사체로 발견되고 헤티는 살인범으로 잡혀서 사형선
고를 받는다. 아더는 뒤늦게 그 사실을 알고 헤티의 사면장을 겨우

겨우 받아와서 헤티의 목숨은 구하지만 헤티에 대한 그의 책임은 그것으로 끝이다. 여성에게는 한 번의 성적인 실수가 영원한 사회적 매장을 의미했지만 신사들은 사생아를 몇씩 두고도 멀쩡하게 결혼하는 경우가 많았다. 사생아들은 위탁양육을 시켰기 때문에 부인이 남편의 사생아를 양육해야 하는 일은 거의 없었다. 옥스퍼드나 케임브리지 대학 주변에는 사창가가 성업했고, 18세기까지만 해도 대학생들은 사생아가 하나 둘은 있어야(있다고 소문이 나야) 남자로서 체면이 선다고 생각할 정도였다. 그래서 18세기 말의 여권론자 메리 울스턴크래프트는 남성의 방탕을 억제하기 위해서 조혼을 해야 한다고 주장했다.

그렇다고 이런 연애에서 여성이 언제나 희생양이었던 것은 아니다. 결혼은 자활능력이 없는 (그리고 사회진출이 불가능했던 근대 이전의 여성은, 일생 먹고살 만한 재산을 상속받은 여성을 제외하고는 누구나 경제적인 무능력자였다) 여성에게 절체절명의 과제였다. 여성은 교양이나 다른 조건과 관계없이 남편의 지체와 재력에 따라 그 사회적 지위와 중요성이 결정되었기 때문에 혼기를 놓치기 전에 어떻게든 신랑감을 확보해야 했다. 따라서 여성들은 진심으로 사랑하지 않아도 조건이 그럴듯한 남성의 관심을 확보하고 그에게 구애를 받도록 노력할 수밖에 없었다. 그 과정에서 여성들은 자신들의 약점을 강점으로 역이용하기도 했다. 그러나 이런 '기교'의 사용은 지나치면 평판이 나빠져서 목표하던 남성과의 결혼이 무산되고 일생 결혼을 못 하게 되기도 했다.

소설에서나 영화에서나 가장 독자나 관객의 기대와 흥미를 집중하는 장면은 남녀 주인공이 만나게 되는 과정과 청혼 장면일 것이다. 작가나 감독이 가장 공을 들이는 장면도 이 두 장면이 아닐까 한다. 작가들은 주인공 남녀가 아주 독특한 방식으로 만나고 멋진 구혼장면을 통해 맺어지는 것을 보여주고 싶어 한다. 현실에서만큼 다양하고 기발하지는 못하겠지만 소설은 아주 독특한 경위로 만나고, 희극적 또는 비극적인 구애를 통해서 행복을 찾기도 하고 놓치기도 하는 연인들을 무수히 보여주었다.

'낭만주의'에 대해 일생 회의적이었던 제인 오스틴은 그런 '극적인' 만남에 대해 사람들이 갖고 있는 환상을 자주 비웃는다. 앞서 언급한 《분별과 감수성》의 매리앤과 윌로비의 만남은 매우 극적이고 낭만적이지만 그것을 운명적 만남으로 착각했던 매리앤에게 낭패 정도가 아니고 거의 목숨을 잃을 만한 재앙이 된다. 《에마》에서는 해리엣이 집시들에게 납치되어 갈 뻔하는데 프랭크가 구출해 주어서 에마로 하여금 그들 사이에 신분을 뛰어넘는 멋진 로맨스가 꽃필 수 있다고 생각하게 하고 자기가 이를 성사시키는 촉매제가 되려고 마음먹게 한다. 그러나 해리엣은 에마가 말하는 자기의 '구원자'가 무도회에서 자기에게 춤을 청해주어서 그녀로 하여금 자기를 무시한 엘튼 목사 앞에서 파트너 하나 없이 초라한 몰골이 되는 것에서 구해 주었던 나이틀리 씨를 말하는 것으로 오해한다. 그래서 에마의 말에 고무되어 나이틀리 씨에게 감히 연모의 정을 품어 보지만 나이틀리 씨는 해리엇이 더 이상 에마의 중매게임의 노리갯감이 되지 않도록, 그녀와 신분도 걸맞고 그녀를 깊이 사랑하고 그녀 역시 애초에 호감을 가졌던 자영농 마틴과의 결합을 돕는다.

구애와 구혼 역시 작가들이 그들의 작중 인물들을 위해서 멋있고 의미 있게 꾸미려 공들이는 대목이다. 소설 속의 구애는 독자의 환상을 자극할 만큼 로맨틱해야 하지만 그것이 얼마나 멋있느냐 보다는 그것을 통해 인물들이 어떻게 자기를 드러내고 그들에 대한 작가의 평가가 표출되는가가 더 중요하다.

제인 오스틴의 《오만과 편견》에서 여주인공 엘리자베스가 두 사람의 구혼자에게서 받는 세 번의 구혼은 신사사회에 대해 많은 것을 시사해 준다. 엘리자베스는 처음, 베네트가의 재산을 상속하게 된 데 대한 보상의 의미에서 그 집 딸들 중의 하나와 결혼하려는 콜린즈 씨의 구혼을 받는다. 콜린즈는 영국문학에서 가장 희극적인 인물 중의 하나이다. 그는 교양도 없고 현재로서는 재산이랄 만한 것도 없는데 목사 안수를 받고 괜찮은 교구에 임명되었다는 사실만으로 우쭐한 마음에 뻐기고 다닌다. 그는 아첨이 전공이다. 그래서 자기의 후원자 드 버그 귀부인의 마음에 들 만한 아부의 말을 늘 연구한다. 그리고 기회가 생길 때마다 마치 방금 떠오른 생각인 것처럼 아부의 말을 늘어놓는다. 아부의 기술도 그의 자랑 중의 하나다. 물론 전혀 세련되지 못한 아부이지만 대상이 아부에 품격이나 예술성을 요구하지 않으니 그의 천박한 아부도 잘 먹혀든다.

그런 콜린즈가 가난한 베네트가의 딸들 중 하나를 '구제'해주기로 마음먹었으니, 청혼에서부터 그것이 엄청난 시혜임을 강조하려 든다. 그래서 자기가 결혼하려는 이유부터 나열한다. 첫째, 자기가 결혼하는 것이 교구민들에게 모범이 될 것 같아서, 둘째, 결혼하면 자기의 행복이 증진될 것 같아서, 그리고 셋째로 레이디 캐서린이 결혼을 권유했기 때문에 결혼을 하려 한다고 한다. 그런데 사실은 셋째 이유가 제일 중요하다고 말하면서 레이디 캐서린의 충고를 그대로 인용하고 레이디 캐서린이 얼마나 지체 높은 귀부인인지, 그리고 엘리자베스가 자기와 결혼한다면 레이디 캐서린 같은 고귀한 귀부인을 자주 대면하는 과분한 영광을 누리게 된다는 것에 대해 긴 설명을 끼워 넣는다. 엘리자베스가 레이디 캐서린 같은 귀부인과 가까이 지내는 것에 흥미도 욕망도 없다는 사실은 콜린즈 씨로서는 상상도 할 수 없는 일이다.

콜린즈는 청혼을 하면서 특별히 엘리자베스와 결혼해야 할 이유, 결혼하고 싶은 이유에 대해서는 한마디도 하지 않는다. 그런 이유가 있어야 하고 말해야 한다는 생각조차 해보지 않았을 것이다. 엘리자베스는 자기가 가장 경멸하는 유형의 웃기는 남자에게서 청혼을 받게 되어 난감한데 콜린즈는 일방적으로 청혼을 해놓고 엘리자베스의 대답은 기다리지도 않고 자기와 결혼을 하면 엘리자베스가 얼마나 운이 좋은 것인가를 입에 침이 마르도록 늘어놓는다. 심지어 '당신의 재산이 거의 없다는 사실을 잘 알고 있다. 당신은 결혼 후에 내가 야박하게 당신의 가난에 대해 질책하지 않으리라는 점은 안심해도 된다'고까지 말한다. (그러나 독자는 그가 가난한 여자와 결혼을 하면 자기가 무일푼의 여자를 구해주었다는 간접적인 암시를 끊임없이 할 것임을 짐작하고도 남는다.) 참다못한 엘리자베스가 자기가 아직 수락을 하지 않았음을 상기시키며 자기는 결코 그와 결혼을 할 생각이 없다는 사실을 말하자, 콜린즈는 자기 귀를 의심하면서 그것이 남자의 마음을 달아오르게 만들려는 여성의 아양의 하나라고 단정 짓고, 더욱 열정적인 구혼자의 모습을 보여주려고 한다.

그러나 엘리자베스가 거듭 자기는 그런 종류의 아양을 떨 줄도 모르고 떨지 않는 여자라고 말하자 콜린즈는 "그렇지만 당신의 상당한 매력에도 불구하고 당신의 재산이 너무나 적어서 다시는 청혼을 받지 못할지도 모른다는 사실을 생각해 보았느냐?"고 묻는다.

여기서 제인 오스틴은 콜린즈라는 웃기는 괴물을 통해서 보통 '신사'는 입 밖에 내지 못하지만 재산이 우월한 남자가 가난한 여자에게 청혼할 때의 보편적인 속마음과 가난한 여자가 요행이 재산이 있는 남자와 결혼했더라도 일생 참고 견뎌야 하는 수모를 보여주고 있다. 이 소설에서 엘리자베스가 '딱지 놓은' 콜린즈를 그녀의 친구 샬롯―지참금이 한 푼도 없을 뿐 아니라 지각은 훌륭하지만 외모도 너무 평범해서 이미 27세의 노처녀이고 일생 노처녀로 살아가야 할 것이 거의 확실한 여성― 은 칭찬을 하고 관심을 보여서 그의 상처받은 마음을 위로하고 그의 청혼을 유도해 낸다. 그 결혼에서 그녀는 남편 때문에 민망하지 않은 날이 없지만 현명하게 외면하면서 살아간다.

엘리자베스는 너무나 뜻밖의 인물에게서 두 번째 청혼을 받는다. 엘리자베스는 처음 다시를 만났을 때 그가 모든 사람의 눈에 오만하게 비쳤을 뿐 아니라 자신에 대해서 자기가 같이 춤을 추고 싶은 마음이 동할 정도의 미모가 못 된다고 친구에게 하는 말을 들었기 때문에 그를 덜 떨어진 인간으로 보고 자기를 가끔 유심히 보는 그의 눈길을 느껴도 그가 자기에게서 무슨 흠을 찾아내려는 모양이라고 생각했다. 그래서 엘리자베스는 친구 샬롯이 사는 켄트를 방문하는 동안 샬롯의 남편 콜린즈의 후원자인 레이디 캐서린을 방문한 다시를 재회했을 때 전혀 반갑지 않았다. 그런데 그가 켄트를 떠나기 전날 그녀를 찾아와 전혀 예상치 못한 청혼을 했을 때 그녀는 몹시 당황했고, 잠시 동안 그가 자기의 거절로 인해 받을 마음의 상처에 대해 안쓰러운 마음이 인다.

그러나 다시는 엘리자베스에게, 자기가 그녀를 향하는 자기의 마음을 억제하려고 무진 애를 썼고, 그 이유는 엘리자베스 집안의 지체가 자기 가문의 지체보다 월등히 낮기 때문이었다고 '고백'한다. 그 말에 엘리자베스는 분개하여 '처음 만나는 순간부터 나는 이 세상의 어느 누구와 결혼을 하더라도 당신과는 하지 않을 것으로 확신했다'고 선언한다. 놀라고 자존심이 상한 다시가 '아마도 내가 솔

직히 나의 주저(躊躇)를 고백하지 않고 격정적인 사랑 앞에 나의 모든 망설임이 무너졌다고 말했다면 당신이 승낙을 했을지도 모르겠다'고 말하자 엘리자베스는 '당신이 조금 더 신사다웠다 하더라도 내가 당신이 받을 상처에 대해 염려했을 것이라는 차이밖에 없다'고 대답한다. 자신의 신사다움에 대해 100% 확신과 긍지를 갖고 있는 다시에게 '신사답지 못하다'는 비난은 청천벽력이고 견딜 수 없는 자존심의 상처이다.

이 청혼은 엘리자베스에게도 자기반성의 계기가 되지만 다시에게는 정말 시험대이다. 자기와 결혼하면 엄청난 신분상승을 하게 되므로 자기의 청혼을 감격스러워할 줄 알았던 여자가 냉랭하게 거절하면서 자기의 인격에까지 의문을 제기하니 얼마나 기가 막힐 일인가. 아마 인격이 모자라는 남자 같았으면 분노해서 '나는 네가 아니라도 얼마든지 명문가 규수와 결혼할 수 있는 에이스 신랑감'이라는 것을 보여주기 위해서 지체 높은 가문의 딸이나 재력가의 딸과 결혼을 하려고 했을 것이다. 그러나 다시는 몹시 자존심이 상했지만 궁극적으로 자신이 긍지와 식견이 있는 규수의 존경과 호감을 받을 수 있게 처신하지 못했다는 것을 자인하고 태도를 고친다. 그래서 진실로 겸허한 사람이 됨으로써 엘리자베스의 반감을 해소하고, 엘리자베스의 철딱서니 없는 동생의 애정행각으로 그녀의 집안이 불명예의 수렁에 빠지게 된 것을 소리 없이 해결해 줌으로써 엘리자베스의 감사와 존경을 얻는다. 이 소설은 마치 '어떻게 하면 완벽한 신사가 될 수 있나'의 매뉴얼 같기도 하다.

《오만과 편견》의 다시의 구애와 대비해 볼 수 있는 청혼이 《에마》의 엘튼 목사의 구애이다. 엘튼 목사는 여주인공 에마가 사는 동네에 부임해 온 미혼남성으로 출세욕과 자기 과시욕이 매우 강해서 처음부터 그 동네 제일의 부자 처녀이며 뛰어난 미인인 에마를 신붓감으로 점찍는다. 그런데 놀랍게도 에마가 거듭 그를 식사와 다과에 초대하고 그의 방문을 반기니 좋아서 입을 다물 수가 없다. 그러나 사실 에마는 얼마 전부터 그 동네에 거주하게 된 고아나 다름없는 소녀 해리엇에게 보호자적인 우정을 느껴서, 해리엇의 신랑감으로 그를 점찍어서 그와 해리엇이 자주 접촉할 기회를 만들기 위해서 그렇게 뻔질나게 자기 집에 초대한 것이었다. 자신이 그에게 이성으로서의 관심이 없기 때문에, 그리고 그가 계층적으로 자기의 상대가 아니라고 생각했기 때문에 그가 자기를 신붓감으로 점찍고 자기의 후의를 애정으로 오해하리라고는 상상도 못 한다. 엘튼 목사 편에서는 또 해리엇을 자기 상대로 생각도 하지 않았기 때문에 에마가 자주 해리엇의 장점을 언급하면서 동의를 구해도 에마의 그런 속셈은 낌새조차 차리지 못한 것이다.

결국 엘튼 목사는 어느 집 만찬에 갔다가 에마와 단 둘이 마차를 타고 귀가하게 되는데 그 기회를 놓칠세라 열렬한 구혼을 한다. 에마의 놀라움은 형언할 수 없는 것이고, 에마가 자기를 겨우 사생아 소녀의 배필로 생각하고 열심히 중매를 서고 있었다는 사실을 안 엘튼 목사 역시 분노와 수치와 증오심을 주체하기 힘들었다. 그날 그의 반응과 그 후의 그의 언동은 그가 신사가 못 되고 신사의 싹조차 없음을 여실히 보여준다.

조지 엘리엇의 자전적 요소가 강한 소설 《플로스 강가의 물방앗간》에는 매기를 사랑하는 두 남자가 나온다. 한 사람은 장애인으로 어릴 때의 사고로 척추후측만성척수염(속칭 '곱추') 환자가 된 필립으로, 매기가 유년에서 사춘기로 넘어가는 때에 매기를 만나서 깊이 사랑하게 된다. 그리고 또 한 사람은 그 지역 최대의 기업가 게스트 씨의 아들인 스티븐 게스트이다. 필립은 매기의 지적·영적인 반려가 될 만한 지성인이고 예술적 감수성이 뛰어난 청년이지만 신체적 장애 때문에 매기에게 접근하는 데 망설임이 많고, 또한 그의 부친이 매기의 아버지와 원수 사이이기 때문에 매기는 오빠의 강요로 그와 만나지 않겠다는 맹세를 한 바 있다. 아버지의 패소(敗訴)와 그에 따른 파산 이후에 빈곤하고 우울한 집안에서 모든 것을 박탈당한 삶을 살던 매기에게 잘생기고 건장하고 무엇에나 여유로운 스티븐은 그녀가 누리지 못할 모든 것을 상징한다.

스티븐 역시 가난 속에서 자랐으나 정신적 가치를 추구하는 청초한 매기를 보고 그가 늘 대하던 부잣집 영양들에게서와는 매우 다른 신선한 매력을 느끼게 된다. 스티븐은 매기의 사촌이며 세상에서 매기를 아끼고 생각해 주는 몇 안 되는 사람 중의 하나인 루시와 오래 사귀어서 암묵적으로 약혼한 사이였기 때문에 매기와 스티븐은 서로에게 끌리는 마음을 억제하지만 젊은 피의 부름을 거역하기가 매우 힘들다. 이런 경우 동서고금을 막론하고 대개 자제를 하고 '사고'를 방지할 책임이 여성에게 있는 것으로 인식되어 있고 또 사고가 터졌을 때 그 뒷감당을 해야 하는 것도 여성이 아닌가. 스티븐은 자기 나름으로는 자제를 하지만 그의 집에서 파티를 하던 날, 온실에서 매기의 아름다운 팔을 보고는 참지 못하고 팔을 잡고 마구 키스를 퍼붓는다. 그런 경우, 그것이 윤리적으로 용납될 수 없는 일일 뿐 아니라 치명적인 사고의 위험이 눈앞에 있음을 알면 신사는 그 지역을 멀리 떠나서 자기 자신을 통제할 수 있다는 확신이 설 때까지 얼마고 머물러야 한다. 그러나 스티븐은 그 이후 노골적으로 매기에게 구애를 하며 세상의 체면이나 도덕 따위를 무시하고 서로의 사랑에 충실하자고 호소한다.

외롭고 고단하고, 이제 또 남의 집 입주 가정교사로 고향을 떠나야 하는 신세인 매기에게는 너무나 강한 유혹이다. 그러나 매기는 남에게 불행을 끼치면서, 옳은 처신에 위배되는 일을 하면서 자기 행복을 거머쥘 수는 없다. 그런데 운명의 장난으로 매기는 의도치 않게 스티븐이 젓는 유람보트를 타게 된다. 여러 가지 착잡한 생각이 교차되는 가운데 멍하게 보트에 앉아 있다가 당일에 돌아갈 수 없는 지점까지 멀리 온 것을 발견한다. 스티븐이 매기가 방심한 틈을 타서 보트를 너무 많이 저어간 것이다.

보트에서 밤을 새울 수는 없어서 지나가는 선박에 구조를 요청하여 탄 후, 격렬하게 질책하는 매기에게 스티븐은 이제는 모든 사람들이 그들이 선을 넘었다고 생각할 테니 운명으로 생각하고 외국으로 가서 결혼해서 살자고 호소한다. 그러나 매기는 자신만을 위해 살 수는 없다면서 낙담한 스티븐이 외국으로 가는데 혼자 고향으로 돌아온다. 매기를 기다리는 것은 물론 마을 사람들의 싸늘한 시선이다. 마을 사람들에게 매기는 사촌동생의 약혼자를 유혹해서 함께 달아났다가 하루 만에 버림받고 초라하게 돌아온 부도덕한 여자였다. 매기의 오빠는 매기에게 설명이나 해명을 할 기회도 주지 않고 가문의 명예를 더럽혔다면서 집에서 내쫓고, 매기는 오빠의 어린 시절 친구였던 동네 청년 보브 제이킨 내외의 후의로 몸을 누일 곳을 마련하게 된다.

스티븐은 외국에서 계속 매기에게 자기와 결혼해 달라고 절절한 호소문을 보내오는데 사면초가에 처한 매기에게는 그것은 탈출구로의 강력한 유혹이다. 두 사람에게 배반당한 매기의 사촌동생 루시는 매기를 찾아와서 자기라면 매기처럼 스티븐의 청혼을 물리치고 혼자 돌아오지 못했을 것이라며 '용서' 이상의 사랑을 주고, 필립은 매기에게 자신에게 아픔을 준 것에 대해서는 괴로워하거나 후회하지 말라고, 매기가 그에게 준 기쁨과 생의 의욕은 그녀로 인해 받은 상처와는 비교할 수도 없게 큰 것이라는 감동의 편지를 보낸다. 루시의 방문과 필립의 편지는 매기가 절대로 자신의 욕망을 좇아 스티븐과 결혼할 수 없었음을 잘 보여준다. 필립과 루시는 영국의 신사사회가 형성한 가장 아름다운 인간성의 표본이라 하겠다.

영국소설은 19세기 말까지 대부분의 작품의 주요 등장인물들이 신사숙녀들이고, 이 작품들은 이 인물들이 얼마나 신사, 숙녀의 이상에 근접했는가 못 했는가, 신사의 기준에 미달했으면 그 이유가 무엇이고 숙녀답지 못했으면 그 원인이 무엇인가를 면밀히 규명하는 과정이라고도 할 수 있다. 작가들은 인간이 일생 살면서 빠질 수 있는 수많은 도덕적 함정과 현실적 장애에 대한 풍부한 연민을 가지고, 그러나 인간이 지켜야 하는 도덕적 기준에 대한 확고하고 엄격한 잣대를 적용해서, 자신이 창조한 인물들을 엄밀하게 분석하고 평가했다.

약자에 대한 예의와 배려

신사란 사회에서 우월적 지위와 그 지위에 따르는 특권을 누리는 계층이므로 그런 특권을 누리지 못하는 사람에 대한 배려가 동등한 계급의 인물들에 대한 배려 이상으로 철저해야 한다. 그것이 영국이 튼튼해지고 신사 자신의 지위도 굳건하게 하는 길이다. 그러나 실상 신사들은 자기의 입지와 평가에 직접적으로 영향을 미칠 수 있는 신사사회의 이목에 훨씬 더 신경을 쓰고 아래 계층을 대하는 태도에는 소홀한 경우가 많았다. 물론, 조선의 양반사회나 일본의 무사사회에서처럼 서민에 대한 인권말살이나 무지막지한 수탈은 가능하지 않았다. 영국의 신사사회가 주로 지주들로 구성된 사회였기 때문에 신사들에게는 인구의 대다수인 소작농들을 보호할 의무가 있었다. 그래서 지주의 부인이나 딸들의 '일' 중 하나는 소작인들의 집에 우환이나 사고가 있었을 때 위문과 구호를 하러 방문하는 것이었다. 물론 목사의 임무도 그것이었지만 목사는 재력이 충분치 않았기 때문에 지주와 그 가족의 도움 없이는 소작인들 구호가 힘들었다.

아동문학에 속하지만 엘라이자 호지슨 버넷 부인이 쓴 《소공자 (Little Lord Fauntleroy)》를 보면 어린 세디(Ceddie: Cedrick의 애칭)의 할아버지인 폰틀로이 경은 자기가 기대를 걸었던 아들이 미국에 가서 자신의 반대를 무릅쓰고 미국여성과 결혼을 하자 아들과의 인연을 끊고 점점 더 괴팍해져서 그에게 아쉬운 소리, 딱한 호소를 하러 오는 소작인들을 모두 상대하지 않으려 한다. 그래서 그의 교구 목사는 교구를 이끌어 나가는 데 몹시 힘이 들었다. 폰틀로이 경은 병이 들어서 후계자가 절실히 필요하게 되자 하는 수 없이 죽은 막내아들이 미국 여성과의 결혼에서 낳은 손자를 영지로 데려오게 된다. 그래도 끝내 며느리는 자기 장원에 들여놓지 않으려고 영지 안에 자그만 집에 며느리를 살게 한다. 폰틀로이 경은 처음에는 미국 여성이 낳은 손자는 예의도 없고 무식하기 짝이 없을 것으로 예상했지만, 영리하고 착하고 심성 바른 손자를 보고 어느덧 사랑을 느끼게 된다. 며느리가 손자에게 할아버지는 무척 관대하고 훌륭한 분이라고 말했기 때문에 손자는 영내를 돌아다니면서 소작인들의 딱한 사정을 듣고 할아버지에게 와서 전하면서 '아마 할아버지가 그런 사정을 듣지 못하셨나보다, 아셨다면 가만히 두셨을 리가 없는데'라고 말하고 할아버지는 어쩔 수 없이 손자가 원하는 대로 소작인들을 구호한다. 그리고 점차 늙은 지주에 대한 소작인들의 원망과 반감이 감사와 호감으로 바뀌자 할아버지도 정말 마음 좋은 지주가 된다.

물론 지주들이 소작인의 호소를 다 들어줄 수는 없었고, 지주가 마음이 무르다는 소문이 나면 소작인들의 엄살과 꾀병도 많았을 터이니 그렇게 해서도 안 되었겠지만, 지주로서 서로의 입장을 잘 안다 해도 인심 사나운, 냉혹한 지주로 평판이 나는 것이 신사사회에서의 입지 구축에 유리할 리는 전혀 없지 않겠는가. 영국인들은 서로의 괴팍함은 존중했지만 인색함이나 냉혹함까지 개성으로 인정하지는 않았다.

제인 오스틴의 《에마》에서 여주인공 에마는 마을 피크닉에서 자기보다 지체가 낮은 (이때의 지체는 재산 정도를 갖고 말하는 것이다) 노처녀 베이츠 양의 결점을 웃음거리로 삼았다가 나이틀리 씨에게 된통 꾸중을 듣는다. 베이츠 양이 중요하지 않은 이야기를 주절주절 늘어놓는 것을 늘 지겹게 여겨 온 에마는 야유회에서 누군가가 '말 안 되는 이야기를 세 개씩 하는' 놀이를 하자고 제안했을 때 베이츠 양이 그냥 협조적으로, '나는 말 안 되는 이야기 세 개쯤은 아무 힘 안 들이고 할 수 있다'고 말하니까 '그렇지만 세 개로 제한이 되어 있으니 조금 어려울 수도 있겠다'고 비꼼으로써 베이츠 양이 말 안 되는 소리를 한없이 늘어놓는다는 것을 시사했고, 베이츠 양은 무안해서 어쩔 줄 모르며 맞다고 말한다. 그 후에 에마의 형부의 형님으로서 에마보다 훨씬 연장자이고 에마의 멘토 역할을 하는 나이틀리 씨는 에마에게 베이츠 양은 처음 너희 집안보다 나은 집안이었는데 영락했고 네가 어렸을 때 너를 예뻐해 준 사람인데 그럴 수가 있느냐며 통렬히 꾸짖고 에마는 깊이 반성한다.

영국에 신사도가 존재한다는 것이 허구에 불과하다고 꾸짖었던 찰스 램은 그의 수필 〈현대의 의협심(Modern Gallantry)〉에서, 영국인들은 자신들의 신사도(의협심)를 매우 뽐내는데 영국에서의 신사도라는 것이 신사계급의 남성들이 자기 계층의 숙녀들에게 젊은 시절에 행하는 유희에 불과한 것이지 진정 남성들이 여성들의 취약한 처지를 배려해서 행하는 도덕이 아니라고 질책하고 있다. 예를 들어 극장에서, 입석표밖에 살 수 없는 빈곤층 여성들이 피곤해서 몸을 가누기 어려워할 때에 좌석을 구매해서 편안히 관람하는 도제(徒弟)나 상점점원 같은 남자들이 그 모습을 즐기면서 '조금만 젊고 예뻤으면 내 좌석을 기꺼이 양보할 텐데' 하는 따위의 말로 조롱하고 있다고 개탄한다. 그리고 잘 차려입은 세일즈맨이나 수금원이 승합마차의 박스 시트(마차의 지붕 위에 설치된 노천좌석)에 앉아 가면서 가난한 여자가 자기 옆에서 비를 흠뻑 맞고 가도 자기 외투를 벗어서 그녀의 가련한 어깨에 덮어주는 일이 없다는 것을 질책한다. 그리고 예수 탄생 후 1800년도 더 지난 19세기 영국에서, 아직도 신사들이 모여 앉아 한담을 할 때 노처녀에 대해서 '시장성이 소멸되었다'든가 '골동품이 된 처녀성' 따위의 농담을 재담처럼 하고 즐긴다는 것이 야만적이라고 지적한다.

그리고 램은 진정한, 일관성 있는 의협심의 표본으로 조셉 페이스라는 사업가를 제시한다. 그는 태생이 상인 출신이지만 젊었을 때 수전 윈스턴리라는 대기업가의 딸에게 구애를 했는데 불행히도 수전이 일찍 죽어 일생 결혼을 하지 않고 독신으로 지낸 신사라고 한다. 그런데 이 사람은 수전에게서 받은 교훈으로 인해 일생을 어떤 여성이나 존중하고 배려해 주는 진정한 의협심의 모범이 되었다고 한다. 그 교훈을 얻게 된 경로와 교훈의 내용은:

조셉이 수전에게 구애를 하러 다니던 때, 어느 날 평상시와 같이 그가 수전에게 찬사를 바치면서 연인 사이의 즐거운 대화를 나누려고 시도했는데 웬일인지 수전이 영 냉랭한 반응을 보이며 그의 찬사를 역겨워하는 기색을 보였다고 한다. 조셉은 수전이 변덕스러운 여자도 아닌데 왜 갑자기 태도가 달라졌을까 하고 몹시 궁금했다고 한다. 그 이튿날 수전의 표정이 조금 밝아진 것을 보고 전날은 왜 자기에게 그렇게 냉담했는가 묻자 수전이 대답하기를, 그 전날 조셉이 자기 집에 들어오기 전에 뜰에서 양품점 점원에게 크라바트

(cravat: 당시 신사들의 블라우스에 매는 목 수건 같은 것, 요즘의 넥타이에 해당되는 남성 정장의 일부)를 약속한 시간에 배달하지 않았다고 호통을 치는 것을 듣고, 그 점원은 밤을 반이나 새워서 그 크라바트를 바느질해서 약속시간에 배달하려고 노력했을지도 모르는데, 수전 자기를 생각해서라도 자기와 같은 여자인 그 점원에게 그렇게 험하게 대할 수가 있겠는가 싶어서 그에게 상냥하게 대할 마음이 없었다고 이야기했다고 한다.

그 이후로 조셉은 그녀의 교훈을 잘 새겨서 늙은 여성이 길을 가면 그녀를 보호하기 위해서 담벽 쪽으로 세우고 자기가 바깥쪽에서 걸어가고, 대야에 과일을 담아서 파는 여자의 과일대야를 지나가는 마차가 쳐서 엎어서 과일이 다 흩어지면 그 여자를 도와서 주어 담아 주었고, 남의 집 하녀가 길을 물어보면 모자를 벗고 정중한 태도로 길을 가르쳐 주었다고 한다. (이때 유럽의 하녀들은 모두 제복을 입어서 하녀임이 표시가 났다.) 그리고 비린내에 절은 생선가게 아낙네가 도랑을 못 건너서 망설이고 있으면 손을 잡아서 건너게 해 주었다고 한다. 이것이 당연한 일이어야 하는데 독특한, 심지어는 기이한 일로 생각되는 것은 영국 신사도가 실체보다는 말임을 드러내는 것이라고 램은 개탄했다.[04]

04 Charles Lamb, "Modern Gallantry," pp.121-25.

산업혁명의 부작용으로 온 영국이 몸살을 앓을 때 전통지주들은 기업주들의 노동자 착취를 개탄하고 혐오했지만 그 노동자들은 바로 지주들의 토지를 소작하다가 농업의 기계화, 대농장화 물결에 경작할 땅을 잃고 도시빈민촌으로 모여들어 산업혁명의 인적 자원이 된 농민들이었다. 그러므로 지주계급인 신사는 노동자들의 고통을 오로지 기업가들의 책임으로 간주했지만 그들도 노동자의 고통에 간접적인, 사실 원천적인 책임이 있었다. 그러나 대부분의 신사는 가내 고용인들이나 거래하는 상인들에게 야박하게 대하지 않는 것으로 그들의 신사적 자존심을 방어했다.

신사의 오락과 취미

신사들이 일생 무위도식하는 사람이라는 사실은 요즘 사람에게는 정말 믿기 힘든 일이다. 수입의 측면을 떠나서 일에서 자기정체성도 찾고 일에서 사회적 지위와 인생의 보람도 발견하는 현대인에게는 이 세상에서 가장 힘든 일이 무위도식인데 신사들은 일생을 무위도식해야 했다. 우아하게.

그래서 신사사회에서는 사교모임이 많았다. 그 사교모임이 요즘 젊은 이들의 '-팅'처럼 가벼운 마음으로 나가서 웃고 즐기면 되는 그런 부담 없는 모임은 아니었다. 새로운 사람과 안면을 트고, 오랜 이웃들과의 유대를 돈독히 하고, 친밀한 남녀가 더 친밀해질 수 있는 절호의 기회였지만 또한 격식과 예의를 모르고 제멋대로 행동했다가는 입방아에 오르내릴 수도 있고 심지어는 소외를 당하게 되는 경우도 있었다. 그래도 사교모임은 지역공동체의 구심점이었다. 물론 사교모임의 알맹이 없는 대화와 별 볼일 없는 사람들의 자기과시가 지겨워서 사교모임이라면 질색을 하는 사람들도 있었지만 그래도 사교모임은 권태와 고립에 대한 치유제가 되었다. 사교모임의 꽃은 여성의 입장에서는 단연 무도회였다. 무도회는 젊은 남녀에게는 가슴 벅차게 기다리는 행사였고 부모들에게도 자녀들이 무도회에서 좋은 상대를 만나거나 또는 호감을 가졌던 상대와 가까워질 기회로 기대하는 중요한 행사였다.

젊은 처녀들에게 무도회가 최대의 이벤트였다면 기혼부인들에게는 상호방문을 통해 소식과 정보를 교환하는 것이 최고의 낙이었다. 남자들은 아마도 무도회만큼 또는 그 이상 사냥을 즐겼던 것 같다. 사냥은 오늘날 신사들의 골프처럼 매우 사치스러운 운동이었지만, 건강증진의 효과가 컸고 무엇보다도 그 사교상의 가치 때문에 애호되었다.

그래서 재력이 넉넉한 신사는 시골 저택(country house)과 도시의 저택(town house: 대부분의 경우 런던 소재)을 지니고 있었고 둘 사이를 오가며 보냈다. 시골에 저택이 필요한 이유는 물론 자기 토지에 거주하면서 소작인들과의 유대를 돈독히 하고 지역사회의 상류층과 지속적인 교류를 갖기 위해서였다. 그러나 시골 저택의 매우 중요한 기능 중의 하나는 사냥파티의 일행을 위한 교제장소의 역할을 하는 것이었다. 시골 저택에는 보통 임야가 딸려 있었고 소유주들은 가급적 추가로 임야를 사들였는데 사냥파티를 개최하기 위해서였다. 가까운 동네에 사는 사람은 사냥파티에 그날그날 합류하기도 했지만 여러 지방에서 내로라하는 가문의 신사와 그 가족들을 일주일이고 이주일이고 초청해서 숙식을 제공하면서 날이 좋으면 매일 사냥을 하고 또 저녁에도 즐거운 여흥을 준비하고 굿은 날을 위한 여흥도 완벽하게 준비해서 대접하는 행사였다. 웬만한 집은 일 년에 한 번 이상은 호스팅을 하기 어려울 정도로 지출이 과다했지만 그런 사냥 파티를 일 년에도 몇 번 여는 사람은 전국의 내로라하는 신사들을 모두 친구로 부를 수 있을 만큼 교제가 넓고 인기가 좋았다.

오늘날 후진국에서 경기가 좋지 않을 때나 국가적으로 불상사가 있을 때 골프를 치면 지탄을 받듯이 신사들은 이 사냥취미 때문에 무한히 지탄을 받았다. 사냥이 재미있으려면 사냥감이 풍부해야 했기 때문에 신사들은 자기 소유지의 동물들을 소작인들이 잡는 것을 엄격히 금지하고, 자기 소유지에서 동물을 포획하다가 적발된 외부인은 물론 자기소작인들에게도 가혹한 벌금을 부과했다. 농민들은 긴 겨울 동안 산의 동물을 포획해 단백질을 보충해야 했는데 그것을 못하고, 동물을 몰래 포획하다가 걸리면 호된 형벌을 받았으므로 자연히 금렵법(속칭 game law)과 동물포획금지선(shotbelt)에 대한 원한과 저항이 컸다. 그래서 의회에서 금렵법 폐지가 거듭 논의되었지만 의회의원 자신들이 사냥을 즐기는 지주들, 또는 사냥파티에의 초대를 즐기는 손님들이었으므로 통과는 거듭 미루어졌다.

　서민들의 영양공급원 등의 이유를 떠나서도 우리가 가끔 영화에서 보는, 신사가 준마를 타고 수십 마리의 맹견 사냥개를 몰고 사냥을 가는 모습은 계층간의 이질감을 고취하지 않을 수 없었을 것이다. 자신이 신사계층 출신이 아니었던 스코틀랜드 석공의 아들 토머스 칼라일(Thomas Carlyle)은 금렵법을 증오했다. 반면에 영락한 신사계층 출신이지만 하루도 거르지 않고 매일 아침 4시간씩의 집필로 50권 이상의 장편소설을 써낸 인기작가이면서 영국 우정국의 총책임자로, 전국 방방곡곡을 말을 타고 답사해서 전국에 우편배달이 되지 않는 곳이 없게 했던 앤터니 트롤로프(Anthony Trollope)는 격무에 시달린 사람의 심신을 쇄신하는 최고의 스포츠인 사냥을 사람들이 그렇게 비난하는 것을 이해할 수 없다고 말했다.[05]

　사냥 이외에도 크리켓, 폴로, 보트놀이 등 신사들이 즐기는 스포츠가 많이 있었고, 폴로는 풀밭과 말, 의상 등 비싼 장비가 필요한 것이어서 정말 부유한 신사들이 즐기는 것이었고 대개 대학에서 그 기본기를 배웠다. 비교적 간단하게 즐길 수 있는 스포츠로는 당구가 있는데 귀족이나 대지주의 저택에는 대개 당구실(pool room)이

05　Trollope, *An Autobiography*, pp.194-96.

있어서 당구를 즐기기도 하고 또는 숙녀들을 배제하고 남자들끼리 할 이야기가 있을 때에 당구실을 이용하기도 했다. 일본의 개화기에 이와사키 가문이 서양식 생활을 익히고 서양인들을 접대하기 위해 서양의 귀족 저택을 모방해서 지은 '이와사키 저택'에도 당구실이 있는 것이 흥미로웠다. 숙녀들도 말을 키울 수 있는 집 영양들은 승마를 할 줄 알았고, 19세기 말에 자전거가 보급된 후에는 남녀 모두 자전거를 즐겼다. 크리켓은 남녀 모두 즐겼던, 스포츠라기보다는 레크리에이션이었던 것 같고, 폴로나 펀팅(punting: 케임브리지 대학에서 성행했던 평평한 바닥의 보트 젓기 스포츠)은 거의 남성들의 스포츠였다. 사냥도 원칙적으로 남성 스포츠였지만 매우 예외적으로 스포츠 감각이 뛰어나고 남의 이목을 개의치 않는 부유한 숙녀들은 참가하기도 했다. 이런 대담한 숙녀들은 다른 '얌전한' 숙녀들의 은근한 비아냥의 대상이 되기 쉬웠다. 조지 엘리엇의 《대니얼 데론다(Daniel Deronda)》에서 그웬돌렌 할리스가 사냥에 참가해서 멋진 승마 솜씨를 뽐내며 '얌전'하게 앉아서 신사들이 자기의 존재를 의식해 주기만 기도하는 숙녀들을 마음속으로 비웃지만, 그녀의 어머니는 그런 딸이 영 불안하다. 결국 그녀는 미녀를 포획해서 트로피로 삼으려는 그랜코트의 사냥감이 된다.

그런 사냥 파티가 아니라도 어떤 모임에서 담소를 하다가 '내일 날이 좋으면 새 잡으러 가자'는 정도의 즉흥적인 초대는 흔히 있었지만 사냥은 일상적으로 즐기기에는 부담이 큰 스포츠였다. 일상적인 오락으로는 각종 카드놀이가 보편적이었다. 《오만과 편견》에서 빙리의 매형인 허스트 씨는 저녁을 먹고 나서 엘리자베스에게 휘스트라는 카드게임을 같이 하자고 권유하는데 엘리자베스가 '책을 읽겠다'고 하자 '카드놀이보다 책 읽는 것을 좋아하느냐?'면서 깜짝 놀란다.

그래서 영국소설에서는 신사 숙녀들의 사교모임에서 저녁 또는 정찬을 먹고 난 다음에는 누가 주창을 하든 팀을 조직해서 카드놀이를 하는 장면이 많이 등장한다. 조금 큰 규모의 모임에서는 으레 피아노 연주와 노래가 등장했다. 이 순서가 마을의 처녀들이 가슴 졸이며 기다리는 순서였다. 숙녀라면 누구나 어렸을 때는 물론 영어와 기본 수학, 지리, 역사 등을 배우지만, 그 단계를 지나면 미술과 음악, 그리고 외국어(거의 예외 없이 불어)를 배우는데 음악은 어느 처녀에게나 필수였다. 이런 마을의 모임에서 피아노 한 곡 쳐달라든가 노래 한 곡조 뽑아 달라는 요청이 들어왔을 때 한두 번 사양하는 것은 조신한 숙녀의 미덕이었다. 하지만 연주가 형편없거나 아예 못하는 것은 구경하는 사람에게는 그저 딱하거나 따분한 일일 수 있지만, 당사자에게는 자기의 신붓감으로서의 가치가 급락하는 매우 심각한 문제일 수도 있었다.

제 **4** 장

—

신사와 타 계층과의 관계

일찍이 괴테가 영국을 'a nation of shopkeepers'(장사치들의 나라)라고 말했듯이, 영국은 신사의 나라이기도 했지만 상업이 발달하고 영국국민들은 상업적 센스가 대단한 국민이기도 했다. 영국도 처음에는 다른 대부분의 나라들처럼 농업국가였고, 따라서 지주가 나라의 중추 역할을 했다. 하지만 섬나라라는 입지 때문에, 또 땅이 비옥하지 못하고 기후가 나빠서 식량부족이 빈번했기 때문에, 해외진출이 필수적이었다. 게다가 나라살림에 상인들의 세금이 필요했고 왕실이 가난해서 상인들에게 자주 돈을 꾸곤 했기 때문에 왕실에 의해 중상주의가 채택되었고, 영국의 상인들은 세계로 뻗어나가면서 상업적인 수완을 마음껏 발휘했다.

　그에 비해서 상인에 대한 사회적인 대우는 매우 인색했던 것이 사실이다. 1776년에 나온 토바이어스 스몰렛의 소설 《험프리 클링커의 원정(The Expedition of Humphrey Clinker)》을 보면, 지주계층인 매튜 브램블 씨는 심한 통풍을 치료하기 위해서 일 년의 상당 부분을 휴양지에서 온천욕을 하며 살아야 하는데, 바스에는 해외무역으로 큰돈을 번 상인들이 돈을 흥청망청 쓰면서 과소비와 탐닉적 향락의 추태를 부리고 빈번히 소란을 피웠다. 그래서 인정은 많지만 눈에 거슬리는 것을 못 참는 브램블 씨가 상인들의 추태를 개탄하고 증오하는 대목이 자주 등장한다. 사실, 이때는 이런 상인들—험한 바다에서 난파해 생명까지 잃는 위험을 무릅쓰고 일확천금을 추구하던 거친 사나이들— 은 문벌이 있는 지주의 가문에서 곱게 자라서 고생이나 위험을 모르고 살았던 신사들과는 인종이 달랐을 것이 분명하다. 그리고 체통이나 품위 같은 것도 그들의 사전에는 들어 있지 않았을 것이다.

《험프리 클링커의 원정》은 이 모험가들—영어에서 adventurer는 어떤 지리적인 발견이나 공익적인 목표를 위해서 '탐험'을 하는 사람들을 지칭하는 경우도 있지만 일확천금을 위해서 목숨 건 모험을 하는 모리배들을 지칭하는 경우가 많다— 을 공격하고 규탄하는 데 상당한 부분을 할애하고 있다. 이 작품처럼 많은 부분을 무교양한 장사치들을 공격하는 데 할애하지는 않더라도 군데군데 벼락부자들의 무교양, 몰상식에 대한 공격을 담고 있는 소설은 많다. 사실 거의 모든 소설에 단골 메뉴로 등장한다고 해도 과언이 아니다.

제인 오스틴의 소설에도 이런 졸부들은 많이 등장한다. 《오만과 편견》의 인상 좋은 청년 빙리 씨도 선대가 상업으로 모은 재산으로 신사사회에 진입하려는 젊은이다. 빙리는 워낙 편안하고 야심이 없는 사람이라서 꼭 '고급' 신사사회에 진입하겠다는 생각도 없고 또 신사사회가 자기를 장사치 출신으로 볼 것이라는 자격지심 같은 것도 없다. 그러나 그의 누이들은 그들의 사회적 지위가 초미의 관심사이다. 그리고 빙리 씨는 소설에서 착하고 겸손한—딱히 의식적으로 겸손하다기보다는 젠체하거나 오만한 점이 전혀 없는 싹싹한— 청년이지만 매우 경솔하고 사려 깊지 못하고 충동적으로 행동하는데 그런 충동성을 은근히 자기의 (멋있는) 개성으로 생각하고 있다는 것이 드러난다. 이것을 오스틴은 빙리 씨가 신사로서 양육되지 않았기 때문이라고 지목하지는 않지만 매우 신중한 다시와 비교할 때 빙리는 경량급이라는 느낌을 지울 수 없다. 빙리의 누이들은 숙녀처럼 보이려고 온갖 애를 쓰지만 전혀 진실성도 없고 진정한 교양이나 사려도 없는 아주 가짜 숙녀들이다. 거듭 지적한 바와 같이 여주인공 엘리자베스의 어머니인 베네트 부인은 주책바가지에다가 자기 생각과 욕망을 잠시도 감추지 못하는 무교양한 여성이다. 베네트 부인은 아버지가 변호사이고 남동생도 한 사람은 변호사이고 한 사람은 상인으로서, 그러니까 지주계급 출신이 아니다. 베네트 씨가 계급의식이 투철하지 않기 때문에, 그리고 그의 지체도 신사로서 그리 높은 편은 아니기 때문에 일시적으로 미모에 현혹되어 베네트 부인과 결혼했다.

물론, 신사계층 출신이라고 해서 모두 이상적인 교양과 배려심을 갖춘 것은 아니다. 전통 지주계급 출신인 베네트 씨의 무신경함과 경솔함은 딸 엘리자베스의 낯을 뜨겁게 하는 일이 많다. 베네트가의 비극이 될 뻔한 리디아의 위캄과의 도주는 베네트 씨가 철딱서니 없는 리디아에게 군인들이 주둔하고 있는 곳으로 놀러가는 것을 허락했기 때문에 발생했다. 양식이 있는 신사라면 신체 발육은 좋고 지각은 없는 열다섯 살짜리 딸을 군인들이 주둔하고 있는 곳에 놀러가도록 결코 허용하지 않았을 것이다.

한편 엘리자베스의 외숙부 가디너 씨 부부는 신사계층이 아닌데도 교양이 있고 자연스러운 몸가짐, 사려 깊은 행동으로 엘리자베스에게 자랑스러운 일가이고 또 다시에게 계층, 또는 태생이 인간 가치의 절대적인 기준은 아님을 보여주는 장치이다. 신사계급 출신은 대개 상인계층의 결함에서는 자유로웠지만 그들 역시 그들 유의 결함이 많았다. 이 작품의 주인공 다시는 작가 오스틴의 이상형이지만 그 역시 오만하고 남을 깔보는 단점이 있어서 엘리자베스의 질책을 받아 자신의 의식과 태도를 대폭 수정해야 진정한 신사가 될 수 있다.

《맨스필드 파크》에서 헨리와 메리 크로포드 남매 역시 출신은 신사계층이지만 부모에게 양육되지 않았고 도시의 자유분방함 속에서 무책임하고 도덕관념이 없는 친척들에 의해 길러졌기 때문에 도덕적 해이가 무척 심하다. 그래서, 남매가 각각 처신이 올바르고 도덕관념이 철저한 패니와 에드먼드에게 끌리는데, 그들이 세속적인 물질적 가치를 버리고 가치관을 바꿀 자세가 되어 있었다면 궁극적으로는 그들이 연모하게 된 패니와 에드먼드와 각각 결합했을 수도 있다. 하지만 이성적 판단과 순수한 마음보다 세속적인 충동과 유혹이 그들에게 더 큰 힘을 발휘했기 때문에 결국 내적인 행복을 포기하고 세속적인 쾌락으로 만족해야 한다.

오스틴의 계급관은 어느 정도 이율배반적이다. 오스틴은 신사의 사회를 신봉하고 신사가 제 역할을 하는 사회가 제대로 된 사회이고 신사가 진정으로 신사답고 숙녀가 진정으로 숙녀다우면 영국 사회가 안정되고 많은 개인적 불행이 방지 또는 해결될 수 있을 것으로 제시한다. 그리고 그녀가 이상으로 삼는 신사사회의 기준은 런던의 온갖 잡스러운 요소가 섞인 신사사회가 아니고 한적한 지방 소도시나 농촌의, 모든 사람의 전력이 환히 알려지고 대대로 한 고을에 살면서 서로의 재정적 형편뿐 아니라 가문의 내력, 개인의 성격도 모두 서로 알고 이해하고 감안할 수 있는 상부상조의 신사사회이다. 그러나 오스틴은 또한 이런 신사사회가 폐쇄적이어서 정체되어서는 안 된다고 확신한다. 그래서 다시의 지체를 중시하는 배타적인 태도를 엘리자베스로 하여금 격파하게 했던 것이다.

그러나 엘리자베스도 단지 재산이나 위세로 따지는 '지체'의 차이에 대해서는 반발하지만 자기 아버지와 어머니의 몰상식한 행위에 대한 다시의 경멸에 대해서는 마음 아프지만 정당성을 인정한다. 그리고 조건이 너무 좋은 다시의 첫 번째 청혼에 좀 굴욕적이더라도 수락을 했더라면, 다시가 자기를 지체 낮은 일가친척과 교류하지 못하게 해서 친척들과도 담을 쌓고 살아야 했으리라는 생각에, 펨벌리를 보고 '내가 이렇게 좋은 혼처를 차버렸나?' 하는 후회가 들려고 했던 마음이 사그라진다. 그리고 엘리자베스는 외숙부가 비록 장사를 하지만 어느 신사 못지않은 식견과 매너를 가졌다는 것에 자랑을 느낀다. 엘리자베스가 공교롭게도 다시를 펨벌리에서 재회했을 때 일행을 소개해 달라는 다시의 요청에 따라 외숙 내외를 소개하면서 다시가 상인계급의 사람과 안면을 트는 것에 대해서 어떻게 반응하는가를 관찰한다. 다시는 처음에는 약간 흠칫하지만 곧 흔연하게 깍듯이 예의를 다해서 대하고 자기 저택의 시내에 와서 낚시를 하라고 초청도 한다. 이는 다시가 엘리자베스의 질책을 마음에 새겨서 겸허함을 터득했기 때문이라고 보아도 좋고, 엘리자베스를 아직도 깊이 사랑하기 때문에 그녀의 친척이라면 상인이라도 교류하고 깍듯이 대하겠다는 각오로 보아도 좋다.

제인 오스틴은 여러 작품에서 신사계층에 속하면서도 신사답지 못한 인간과 신사계층이 아니면서도 보통 신사보다 도덕관이 확고하고 매너도 거칠거나 야비하지 않은 사람을 대조시킨다. 《에마》에서는 신사의 기준에 미달하는 프랭크와 목사로서 야비하고 수련이 부족한 엘튼을 자영농이지만 근면 성실해서 해리엇의 훌륭한 신랑감이 될 로버트 마틴과 대비시킨다. 에마는 해리엇이 로버트 마틴을 좋아하는 것을 알고 자영농과 결혼하면 그녀의 신분이 하락하게 된다면서 그녀를 엘튼 목사와 결혼하라고 꼬드긴다. 그리고 전술한 바와 같이 엘튼 목사의 엉뚱한 속셈 때문에 참담한 낭패를 겪고 나서도 해리엇을 신데렐라로 만들겠다는 야심을 버리지 못한다. 엘튼 목사가 괘씸해서 해리엇을 그보다 더 신분이 높은 프랭크와 결혼시키려고 한다. 그러나 나이틀리 씨는 로버트 마틴의 사람됨을 잘 알아서, 순진하지만 주관도 없고 교양도 변변치 않은 해리엇에게 성실하고 지각 있는 로버트 마틴이 오히려 과분한 신랑감이라고 역설하며 두 사람을 맺어 준다.

오스틴이 나이를 먹을수록 신사계급에 대한 환멸이 짙어져서 새로운 피가 영국을 재생해 줄 것을 기대했다는 증거는 《맨스필드 파크》와 《설득》에 나타난다. 《맨스필드 파크》에서 맨스필드 파크 장원의 주인이며 2남 2녀 가정의 가부장인 준남작 버트럼 경은 품위 있고 진중한 가부장처럼 보이지만 네 명 중 세 명의 자식에게 올바른 가치관을 확립해 주지 못했다. 큰 아들은 거액의 노름빚을 지고 두 딸은 애정의 도피행각을 자행해서 가문의 명예를 더럽히고 가장에게 수치와 슬픔을 끼친다. 이 작품에서 오스틴은 매우 훌륭한 가장으로 보이는 버트럼 경의 비탄에 대해 동정의 여지가 없지는 않지만 사실은 그 자신의 소홀함과 무책임성에 기인하는 결과임을 분명히 지적하고 있다.

오스틴의 마지막 작품인 《설득》에서 여주인공 앤의 아버지 월터 엘리엇 경은 역시 준남작인데 버트럼 경과는 비교도 안 될 만큼 천박하고 이기적인 인물이다. 그는 준남작으로서의 '품위'에는 관심이 없고 '위세'에만 관심이 있다. 그의 관심사 1호는 자신의 외모 가꾸기이다. 그래서 그는 온 집안의 모든 벽에 거울을 설치해 놓았다. 그리고 자신의 몸치장과 신분과시를 위해 여러 해를 계속 수입을 능가하는 지출로 더 이상 재정이 버틸 수 없는 지경에 이르렀다. 파격적인 긴축이 필요하게 되었는데 지출을 삭감해야 한다는 둘째 딸의 조언을 들은 척도 하지 않고 엘리엇가문의 저택인 엘리엇 홀을 세를 주고 바스에 가서 작은 주택을 임대해서 살며 사교에 전념한다.

아들 없이 딸만 있는 엘리엇 경에게서 준남작의 작위를 물려받을 윌리엄 엘리엇은 냉혹하고 타산적인 악한이다. 젊었을 때는 아직 젊은 엘리엇 경이 재혼을 해서 아들을 얻게 되면 작위를 물려받을 수 없을 터이니 장래에 준남작이 될 가능성이 별로 없다고 생각해서 준남작의 지위에 어울리는 처신 같은 것은 생각하지 않는다. 사기성이 농후하기 때문에 위선에는 능하지만 그가 젊었을 때는 위선으로 큰 출세를 하거나 한몫 잡을 수 있는 기회가 없었고 푼돈이 매우 아쉬운 형편이었다. 그래서 가문의 어른인 엘리엇 경이 초청을 해도 못 간다는 답도 없이 무시해 버리고, 그렇고 그런 부류들과 어울려서 방탕을 하고 순진한 친구의 재산을 다 들어먹는다. 순전히 돈을 보고 결혼한 미천한 계층의 여성은 너무나 냉대를 해서 그만 일찍 죽게 했다. 그리고 자기 때문에 파산해서 목숨도 단축한 친구의 부인이 빚과 병에 시달리게 되었는데 자기는 정략결혼으로 한몫 잡아 잘살면서도 전혀 아는 체를 하지 않는다. 그러다가 엘리엇 경이 계속 재혼하지 않은 채로 나이를 먹어 자기가 작위를 계승할 가능성이 높아지자 그에게 접근해서 자기 과거의 태도를 교묘하게 변명하고 그가 재혼하는 것을 막으려고 그의 집에 뻔질나게 드나든다. 엘리엇 경은 클레이 부인이라는 '꽃뱀' 수준의 여성에게 자기도 모르게 넘어갈 위험이 농후한 상태에 있었다. 그래서 윌리엄 엘리엇은 엘리엇 경에게는 클레이 부인을 은근슬쩍 깎아 내리면서 자신이 클레이 부인의 마음을 사로잡아서 그녀가 엘리엇 경과 결혼하는 것을 방지하려고 한다. 한편으로는 엘리엇 경의 큰딸로 당당한 미모의 야심가인 엘리자베스의 호의는 적당히 받아들이면서, 가냘프고 지적인 둘째 딸 앤에게 마음이 이끌려 자기가 작위를 계승하면 앤과 결혼할 생각에 은근한 구애전술을 편다. 그러다가 결국 엘리엇 경과 클레이 부인을 떼어놓을 필요가 그를 옭아 넣어서 그는 클레이 부인과 도주를 하기에 이른다. 자기 꾀에 자기가 넘어간 것이다.

  신사계급의 타락이 이 정도에 이르렀다고 개탄하며, 오스틴은 신사계급에서 한때 사윗감으로 불합격 판정을 받았던 웬트워스 대령과 해군에게 기대를 건다. 웬트워스와 앤이 비밀약혼을 했다가 파혼한 과정은 앞서 살펴보았다. 8년 만에 돌아 온 웬트워스는 앤에게 보란 듯이 머스그로브 자매와 떠들고 즐거워하는 약간 미성숙한 면이 있기는 해도 웬트워스와 그의 매형과 누님 크로포드 제독 부부는 직선적이고 과단성 있고 인정스러운 면모가 돋보인다. 결국 오스틴은 이제 폐단만 남고 미덕은 고갈된 신사계층보다 새로운 활력과 미덕을 영국사회에 주입할 계층으로 해군을 지목한다. 물론 오로지 해군만이 희망이라고 주장한 것은 아니고 새로이 부상하는, 소신과 용기와 능력을 가진 계층을 말한 것이다.

에밀리 브론테의 《폭풍의 언덕》에서도 신사계층은 고갈되어서 사멸을 향해 가는 중이다. 작품의 무대가 된 황량한 시골에서 신사 계층은 그 언저리에 불안정하게 존재하는 언쇼 가와, 그 일대에서 유일한 신사계층이라 할 만한 린튼 가밖에는 없다. 린튼 씨와 부인 은 매우 자애롭고 점잖은 신사 숙녀들이다. 그러나 캐시가 히스클 리프와 창 밖에서 그 집의 화려한 거실을 엿보다 그 집 개에게 물렸 을 때 언쇼 씨의 딸인 캐시는 집안으로 모셔들여 정성껏 치료해 주 지만 언쇼 씨 집의 머슴이나 다름없는 히스클리프는 (다치지 않았기도 했지만) 물 한잔 안 먹이고 쫓아보낸다. 그것은 캐시가 걱정이 되어 곁에서 지키고 싶었던 히스클리프가 린튼가에 대해서 일찍부터 원 한을 품는 계기가 된다.

린튼가의 나리와 마님은 캐시가 열병에 걸렸을 때 그 언덕 꼭대 기에서는 치료가 어려울 것이라고 생각해 자기 집에 와서 요양하 도록 하고, 캐시는 그 집에서 친절한 간호를 받아 회복한다. 하지만 나리와 마님은 캐시의 열병이 옮아 죽게 된다. 린튼가의 착한 도련 님 에드가는 캐시에게 지극정성으로 애정을 바치며 구애한다. 그의 정성은 진정 가상하지만 그는 나약하고 겁 많은 인물이라서 캐시의 성깔을 제어하지 못하고 캐시에게 끌려 다닌다. 캐시가 그에게 터 무니없는 야료 수준의 비난과 함께 뺨을 때려도 결연히 떠나지 못 하고 자기모순에 부딪친 캐시가 울음을 터뜨리니 그냥 캐시에게 붙 잡히고 만다. 캐시에 대한 에드가의 사랑은 눈물겹지만 숭고하다고는 할 수 없다. 캐시에 대한 에드가의 판단력이 마비되어 있기 때문이다.

어쨌든 에드가는 매우 훌륭한 신사이지만 그의 여동생 이자벨라는 전혀 '숙녀'가 못 된다. 이자벨라는 자기밖에 모르는 이기적인 인간이고 그녀에게는 허영심 만족과 쾌락 이외에는 어떤 목표도 이상도 없다. 그녀가 캐시와 경쟁해서 히스클리프의 마음을 얻을 수 있다고 생각한 것을 보면 얼마나 어리석고 성찰력이 없는가를 보여준다. 그녀는 누구에게도 베푼 것이 없어서 그녀가 히스클리프에게 인간이 당할 수 없는 학대와 폭행을 당해도 큰 동정심을 불러일으키지 못한다.

그러면 에밀리 브론테는 히스클리프를 린튼가와 그 계층에 대한 대안으로 제시한 것인가? 히스클리프는 캐시와 힌들리의 아버지 언쇼 씨가 리버풀에 일이 있어서 갔다가 길에서 주워온 아이이다. 얼굴이 까무잡잡해서 집시 아이일 것으로 추정한다. 물론 언쇼 씨가 집에 데려와 자기 아이들과 동등한 대우를 하고 친아들보다 더 사랑한 것으로 보아 숨겨두었던 그의 사생아라는 추측이 가능하다. 실제로 이렇게 주장한 비평가들도 있지만, 소설의 내용으로는 가부간의 판명이 불가능한 일이다. 히스클리프의 독자에 대한 호소력은 영문학사상 가장 큰 미스터리이다. 히스클리프에게는 '미덕'이 거의 없다. 캐시를 죽도록 사랑하고 캐시를 위해서라면 하지 못할 일이 없다는 것이 소설의 주인공으로서는 큰 미덕이지만, 그는 '신사다움'과 정반대의 극에 서 있다. 그는 여성의 마음을 편하게 해주기 위해서 여성의 곁을 떠난다든가 하는 명예로운 처신 따위는 안중에도 없다. 또한 이자벨라는 단지 철딱서니 없을 뿐 그에게 죄를 짓거나 해를 끼친 일이 전혀 없는데도 그녀의 유산을 차지하고 린튼가에 복수하기 위해 그녀와 결혼해서 그녀가 그를 인간이 아니고 악마라고 생각할 정도로 그녀를 학대한다.

그리고 캐시의 오빠인 힌들리에게도 무자비한 복수를 한다. 힌들리가 언쇼 씨 사후에 그를 공부도 시키지 않고 머슴처럼 자라게 해서 캐시가 그를 버리고 에드가와 결혼하게 되기는 했지만, 자기의 원수라도 캐시의 오빠이기 때문에 용서한다는 숭고한 사랑 같은 것은 꿈에도 생각한 일이 없고, 힌들리로서도 아버지가 아들인 자기보다 주워온 아이를 더 사랑하니까 말할 수 없이 자기가 미웠을 것이라는 헤아림은 조금도 없다. 그래서 아내를 잃고 상실감에 빠져 있는 힌들리를 노름에 빠지게 하고, 노름 밑천을 위해서 자기에게 빚을 지게 해 결국은 빚에 쪼들려 죽게 만든다. 그리고 힌들리의 어린 아들은 학교에도 보내지 않고 들짐승의 새끼처럼 키워 머슴처럼 부린다.

더욱 비인간적인 것은 자기 아들에 대해 부정(父情)이라고는 조금도 없고, 어머니 이자벨라를 닮아 칭얼거린다는 이유로 원수처럼 미워하는 것이다. 에드가가 이자벨라의 유언에 따라 린튼을 데려와 기르려는데 아들에 대한 애정도 전혀 없으면서 친권을 행사해 아들을 데려가서 공포 속에 살게 만든다. 그리고 아들을 미끼로 캐시와 에드가의 딸 캐시를 납치해 자기 아들과 강제로 결혼시켜, 아버지에 대한 걱정으로 캐시를 비탄에 빠지게 하고, 딸을 잃은 슬픔과 딸의 안위에 대한 걱정으로 에드가의 생명을 단축한다. 그리고 자기 아들이 어린 캐시의 남편으로서 그녀의 재산을 차지하도록 해서 캐시가 상속자로 되어 있는 린튼가의 모든 재산을 아들 앞으로 옮겨놓았다가 아들이 죽자 아버지의 친권을 이용해서 그 재산을 모두 자기 것으로 만든다.

물론, 아들마저 먼저 보낸 홀아비인 히스클리프가 무엇 때문에 재산이 필요하고, 그 재산을 차지하기 위해서 그토록 많은 사람을 괴롭혀 죽음에 이르게 하는가에 대해서는 합리적인 설명이 있을 수 없다. 그것은 히스클리프가 편집증 환자, 또는 악마가 되었다는 것으로밖에는 설명되지 않는다. 히스클리프가 신사가 못 되며 사회에 해가 되는 종류의 시민인 것은 재론의 여지가 없다. 그러면 저자 에밀리 브론테는 히스클리프를 어떻게 생각했을까? 작가의 언니 샬럿 브론테는, 에밀리 사후에 출간된 《폭풍의 언덕》에 부친 서문에서 히스클리프의 무법자적인 성격에 대해 민망함을 토로했다. 그러나 후대의 독자들은 히스클리프에게 열광했다. 그 이유는 독자마다 차이가 있겠지만, 이 세상의 상식, 예의, 염치 등을 모두 무의미하게 만들어 버리는 캐시와 히스클리프의 서로에 대한 활화산과 같은 강렬한 사랑 때문일 것이다. 놀라운 것은 여성 독자뿐 아니라 많은 남성 독자 역시 이 비상식적이고 악마적인 남자에게 강력히 매료된다는 것이다. 작가 에밀리 또한 히스클리프의 편이었음은 명백하다. 그러나 이 소설이 매우 비이성적이기는 하지만 작가가 일방적으로 히스클리프를 편들었던 것은 아니다. 이 소설에서 캐시는 자기를 숭배하고 자기를 그의 존재 이유로 삼고 있는 에드가에 대해 고마움과 미안함이 너무 부족하고, 심지어 히스클리프 앞에서 그를 능멸하기까지 한다. 작가가 캐시와 히스클리프의 비이성적이고 모든 것을 황폐화시키는 사랑에 절대적 가치를 부여한다는 것은 알 수 있지만, 캐시의 그런 언동에까지 면죄부를 주는 것은 아니다. 그리고 이 소설에서 에드가를 여러 번 비참하고 초라하게 만들기는 하지만 히스클리프에게 신체적인 굴욕을 당하게 하지는 않았다.

어쨌든 에밀리 브론테가 언쇼가 같은 소지주뿐 아니라 린튼가 같은 그 지방의 명문가까지도 그 활력이 소진되었기 때문에 영국을 이끌 힘과 미덕과 자격이 없다고 생각해서 히스클리프를 대안으로 제시한 것은 아닌 것으로 보인다. 히스클리프는 여러 사람을 괴롭혔고 소작인이건 누구이건 어떤 사람에게도 덕을 보이지 않았다. 히스클리프와 캐시의 사랑은 파괴적이고 살벌하면서도 숭고함이 느껴지기도 하지만 그들의 사랑은 종결됨으로써 우주에 평화가 찾아오는, 그러니까 그들 자신에게는 신성할 수도 있고 생명보다 소중할 수 있지만 사회에는 아무런 도움이 되거나 의미를 갖지 못하고 오히려 해가 되는 그런 사랑이다. 그리고 작가도 그들의 사랑을 냉정한 눈으로 보는 것은 아니지만 무조건적으로 옹호하고 감싸고 있지는 않다.

앞서 채무의 변제와 관련해서 언급한 《북부와 남부》는 남부의 지주계급을 주축으로 하는 신사사회와 산업혁명을 일으켜 영국을 세계 제일의 부국이 되게 하고 그 힘으로 사해에 걸친 대제국을 건설하게 한 사업가들의 갈등을 잘 보여주고, 또 두 계층의, 나아가서 신사와 사업가와 노동자까지의 화해와 융합의 가능성을 제시하고 있는 작품이다. 주인공 마가렛은 어려서부터 런던에 거주하는 부유한 이모의 집에 가서 사촌동생 이디스를 동무해 주면서 자랐다. 이는 상당부분 이모가 가난한 동생의 가계에 조금 보탬이 되어주려고 입을 하나 맡은 것이기도 하지만, 이모에게는 외동딸의 친구를 확보한 것이어서 전혀 희생은 아니었다. 마가렛은 런던의 이모 집에 살면서 불행하지는 않았지만 사촌동생 이디스가 결혼을 해서 자기가 이모 집에 더 이상 머물 필요가 없게 되자 부모님이 계신 시골로 가서 살게 된 것을 몹시 기뻐한다.

아버지가 영국국교회 목사로 봉직하고 있는 헤일스토운에서의 생활은 조용하고 아름다운 전원에서의 생활로 마가렛의 취향에 꼭 맞지만, 아버지가 종교적 신념이 변해서 양심상 국교회의 목사노릇을 계속할 수가 없게 된다. 그래서 생계를 위해 그에게서 고전 독해를 지도받고 싶다는 사업가가 있는 영국 북부의 공업도시 밀턴-노던으로 떠나게 된다. 밀턴-노던은 작가 개스켈의 남편이 유니테어

리언 목사로 봉직하고 있던 당시 영국 최대의 공업도시 맨체스터의 작중 이름이다.

헤일 목사 친구의 소개로 헤일 목사의 생도가 된 손튼은 앞서 소개한 대로 맨주먹으로 시작한 정도가 아니라 선대에서 불명예와 빚을 물려받아 오로지 근검절약과 추진력의 힘으로 모든 부채를 청산하고 큰 기업을 일구어 낸 의지의 사나이였다. 그는 오만방자한 사람은 아니지만 자신의 성취에 큰 자부심을 갖고 있다. 그래서 남부의 전통 상류층을 무위도식하는 무리로 은근히 경멸하고 있다. 사실상 19세기 중반 이후의 영국의 부는 대부분 사업가가 이룬 것이다. 그런데 헤일 씨와 마가렛이 나타나 그의 신념과 자부심을 흔들어 놓는다. 마가렛은 당시 대부분 남부 상류층 사람들처럼 사업가를 매우 비인간적인, 노동자들을 악랄하게 착취하는 무리로 보고 있다. 헤일 씨의 딸이 어린 소녀일 것으로 생각했던 손튼은 마가렛을 처음 만났을 때 우아하고 기품 있는 성숙한 처녀를 보고 깜짝 놀라고 처음으로 자신이 투박하다고 느낀다.

마가렛과 손튼이 만나면 노동자의 처우에 관한 논쟁을 하게 되는데—당시의 가장 큰 사회문제는 고용이 되어도 기아임금에 허덕이고 극심한 고용불안정과 온갖 산업재해에 무방비로 노출되어 있는 노동자들의 문제였고, 그로 인해 영국이 혁명전야에 있다는 의식이 팽배해 있었으므로— 마가렛은 (당시 남부의 대부분 전통 상류층과 같이) 기업가들이 노동자들을 부당하게 착취하고 동등한 인격체로 대접하지 않는다고 확신했고, 손튼은 노동자들이 기업의 경기 부침에 따라 감봉을 인내해야 할 경우도 있는데 이런 기업가들의 고충은 모르고 자기들의 요구만 관철시키려 한다고 말한다. 마가렛은 그렇다면 기업가들이 노동자들을 같은 인간으로 대접하며 그들에게 경기의 상황과 기업의 처지를 설명하면서 이해를 구하고 기업의 동반자로 만들어야 한다고 역설한다. 그리고 기업가들은 신사답지 못하다는 암시를 하는데 손튼은 그 말에 자극을 받아 자기는 '신사'가 되는 것보다는 '남자'(man)가 되는 것이 더 중요하다고 생각한다고, 말하자면 신 인간론을 편다:

나에게는 '남자'가 '신사'보다 훨씬 더 고귀하고 완벽한 인간입니다. … 제 생각에 '신사'란 어떤 사람의 다른 사람과의 관계에서의 면모를 말하는 것이지만 어떤 사람을 '남자'라고 할 때에는 한 인간을 그의 동료 인간과의 관계에서만 말하는 것이 아니고 그 자신과—인생과—시간과—영원의 관계를 말하는 것입니다. … 나는 이 신사답다는 말을 듣기가 지겨울 때가 많습니다. 내 생각에는 그것은 빈번히 부적절하게, 그리고 의미가 과도하게 왜곡되어 사용되고 있어서 오늘날의 요설의 하나로 취급하고 싶습니다. 그러나 '남자', 그리고 '남자답다'는 말의 소박함은 인정을 받지 못하고 있습니다.[01]

01 *North and South*, p.163, 필자 번역.

자기가 임금을 주고 고용한 노동자들에게 호소를 하고 이해를 구하는 따위의 일은 하지 않겠다는 손튼의 고집 때문에 (그러나 고집을 넘어서 파업이 시 전체 규모로 벌어지게 되었으므로) 성난 노동자들이 손튼의 집 앞마당까지 밀려와 손튼과의 면담을 요구하고, 마침 그때 병이 든 어머니를 위해 손튼 어머니의 물침대를 빌리러 왔던 마가렛이 '남자답게 나가서 그들과 대화하라'고 외치자 손튼은 막 폭도로 변하려는 노동자들 앞에 나갔다가 자칫 목숨을 잃을 뻔한다.

손튼은 처음부터 고용주와 노동자의 관계를 마가렛과 같은 눈높이로 보지는 않았지만 차츰 마가렛이 사귄 그 도시의 노동자 히긴스를 알게 되고 히긴스를 통해 노동자들의 고충과 그들의 프라이드도 발견한다. (그는 맨주먹으로 출발했지만 공장노동자 출신이 아니고 상점 점원 출신이었다.) 그리고 결국 노동자들을 사업의 동반자로 받아들이게 된다. 그리고 마가렛도 무교양하고 이윤추구만을 하는 줄 알았던 기업가들의 고충과 인간적인 면, 추진력, 의지력을 알게 되고, 산업도시의 활력도 그녀에게 매력으로 다가온다. 그리고 전통 농경사회의 낙후성, 그리고 농경사회가 목가적인 것만은 아니라는 것도 깨닫고 기업가들에 대한 편견을 버리게 되어 훗날 손튼과 결혼하게 된다. 그러나 이러한 행복한 계층의 융합은 자주 일어나지는 않았다.

테스의 경우

모든 문학작품 중에서 독자들의 연민을 가장 많이 받은 여주인공 중 단연 1위는 하디의 《더버빌가의 테스(Tess of the d'Urbervilles)》의 여주인공 테스가 아닐까 싶다. 테스는 물론 잘못된 인습 때문에 애처롭게 희생되는데, 이는 궁극적으로 계층적 불평등 때문이다. 테스는 소작인의 딸로 태어나서 학교도 좀 다니면서 초등학교 교사가 되고 싶다는 꿈을 가진다. 하지만 가족의 부양자로서 책임감이 부족한 아버지가 건강까지 나빠지고 가족 생계의 기둥이었던 늙은 말 프린스가 죽자, 어머니가 간절히 원하는 대로 친척집으로 도움을 청하러 떠난다.

테스의 가문은 비록 영락해서 가문의 위세가 당당할 때를 기억조차 못 하고 성도 귀족적인 더버빌(D'Urberville)이 더비필드(Durbyfield)로 비속화되었지만 테스는 옛 노르만의 기사 더버빌의 후손이다. 하지만 알렉 더버빌의 원래 성은 스토크인데 보일러에 불을 때는 '화부'(stoker)를 연상시키는 성이 민망해서인지 그의 아버지가 돈을 많이 번 후에 멸문이 된 귀족가문의 성을 그냥 차용해 자기 성에 덧붙여 쓴 가짜이다. 그런데 그 집을 찾아 트랜트릿쉬에 간 테스는 자기 가문이 오래된 가문이기 때문에 그 집이 고색창연한 유서(由緖)가 느껴지는 집일 것이라고 생각하지만 예상과 달리 반짝반짝 새로 찍어 낸 주화(鑄貨)같은 새 집이라는 데 놀란다. 하지만 그녀로서는 남의 성을 도용하는 사람이 있다는 것을 생각할 수가 없었으므로 그를, 그의 추근거림이 몹시 싫음에도 불구하고 자기의 윗사람으로 대한다.

테스는 알렉을 'sir'라고 부르고 알렉은 그녀를 'coz'[사촌(cousin)을 정답게 또는 장난스럽게 줄인 말]라면서 허물없는 정도가 아니라 희롱조로 대한다. 그는 그녀를 자기 어머니의 애완조(愛玩鳥)를 돌보는 도우미로 채용해서 그녀를 데리러 가는 날도 성질이 사나운 말이 끄는 마차에 태워 싫다는 그녀의 생명을 위협하다시피 해서 뺨에 키스를 하고야 만다. 알렉은 소작농 계층 여성의 정조를 유린하는 데 이골이 난 바람둥이였다. 하지만 순진한 테스는 남자가 얼마나 위험한 동물인지, 여성이 정조를 훼손당한다는 것이 어떤 재앙인지 알지 못하고, 다만 그의 추근거림이 싫어서 그를 멀리하고 그의 접근을 피하려고만 한다.

알렉의 추근거림이 너무 싫었기 때문에 그와 친밀한 관계가 되더라도 결혼은 기대할 수 없다든가 하는 생각은 해보지도 않는다. 그에게 순결을 잃은 것은 그녀가 말할 수 없이 지쳐 잠들었을 때 체이스 숲 속에서 당한 일이었는데 그리고 그와 잠시 연인 사이로 지낸다. 그러나 그와의 관계로 인해 일하지 않고도 좋은 음식을 먹고 좋은 옷을 입는다는 것을 참을 수 없는 수치로 여겨 어느 날 새벽에 그가 잠자는 사이 그의 집을 뛰쳐나온다. 잠이 깨어 그녀가 사라진 것을 안 알렉이 그녀를 쫓아오고 그와의 관계를 지속하기 싫다는 그녀의 의사를 확인한 알렉이 그녀에게 자기의 도움이 필요한 '어떤 상황'이 생기면 언제고 자기에게 연락을 취하라고 한다. 역전의 유경험자인 알렉은 그런 '상황'이 어떤 것인지를 너무나 잘 알고 있지만 테스는 전혀 개념이 없다. 결국 경제적인 불평등, 세상 경험의 불평등이 테스를 알렉의 정욕의 제물이 되게 만들었다.

알렉이 예견(?) · 우려(?)했던 상황은 어김없이 현실이 되고 말았지만 테스는 알렉에게 알리지 않고 모든 것을 혼자 감당한다. 테스의 처지에서 비용적인 부담도 있지만 그보다 더 크고 중요한 정신적 · 도덕적인 부담은 어떤 방법으로도 알렉이 분담할 수 없는 것이기 때문에 다시는 대면하고 싶지 않은 알렉에게 연락을 하지 않았던 것이다.

테스는 아버지가 소작농으로 신사계급에 속하지 않기 때문에 신사계급의 도덕률을 적용받지 않아야 하고, 사실 그녀는 여느 '숙녀'처럼 그 사회에서 축출되어 격리되거나 하지는 않는다. 그러나 어느 계급에나 자기 계급보다 윗 계급의 도덕률을 표방하면서 자신이 자기 계층보다 고상한 사람임을 시위하려는 사람이 있기 때문에 테스는 정신적인 압력을 견뎌야 한다. 그녀가 알렉을 떠나 집으로 돌아오던 날도 바로 마차를 내린 곳에서 어느 광신자가 "천벌(天罰)은 잠들지 않고 너를 지켜본다"(THY, DAMNATION, SLUMBERETH, NOT)라는 성경구절을 담벼락에 페인트로 쓰고 있었고, 죄인 아닌 죄인 테스는 그것을 보고 마치 자기가 죄를 저질렀고 천벌을 받을 것 같은 두려움을 느낀다. 동네 사람들은 테스를 공개적으로 비난하지는 않지만 은근히 깎아내리고, 전에는 테스에 대해 부러움과 일종의 열등감을 느꼈다면 이제는 도덕적 우월감을 느낀다. 테스는 가족을 돕기 위해 내키지 않게 알렉의 집에 일을 하러 갔었지만 희생양이 되어 집에 돌아오고 가족에게 수치를 끼친 데 대해서 미안해한다. 그리고 결말 부분에서 테스가 죽기보다 싫은 알렉의 수중에 다시 떨어질 수밖에 없었던 이유도, 아버지의 사망으로 지주와의 경작계약이 자동 소멸되었을 때 보통은 유가족이 원 계약의 잔여기간 동안 계속 그 땅을 경작하도록 계약연장을 하는 것이 관례이지만 지주가 테스의 행실부정을 이유로 연장을 해주지 않아 살던 터전을 버리고 타지로 내몰릴 수밖에 없었기 때문이다. 게다가 이주하기로 한 먼 곳의 새 집 주인이 테스 네가 이사 오기로 한 날 밤까지 도착하지 않았다고 다른 세입자를 들였고, 테스의 가족은 길거리에서 살게 되었기 때문이다. 그러니까 신사계급에게서는 업신여겨도 좋을 평민 취급을 당하면서, 평민들에게서는 윗 계급의 도덕률 잣대로 재단을 받아서 불이익이 가중되는 상황이다.

테스의 파멸의 직접적인 원인은 에인젤의 배신이었다. 에인젤은 진보적인 청년으로서 인습적인 도덕, 계층적 차별 따위에 반기를 든 평등사상의 신봉자였지만 내면 깊은 곳에서는 자기 계층의 이중적인 성모럴을 극복하지 못한 인물이었다. 에인젤은 테스에게 사랑을 느껴 구애를 시작하면서 혹시라도 그녀의 계층 때문에 부모가 반대해서 그녀와 결혼을 할 수 없어서 의도치 않게 그녀를 농락한 결과가 빚어질까봐 부모님을 방문해서 결혼 승낙부터 받아온다. 알렉과는 너무나 다른, 사랑하는 여성의 명예를 그토록 존중해 주는 에인젤의 태도에 테스는 감격하고, 그를 죽도록 사랑하지 않을 수 없게 된다. 이토록 신사다운 에인젤이었지만 테스가 순결을 잃었다는 말을 듣는 순간 그는 돌변한다. 잔인하게 테스를 일종의 사기꾼으로 간주하면서 그녀는 자기가 생각한 테스가 아니고, 자신의 이상적 여인의 탈을 쓴 다른 여인이었다면서 결별을 선언한다. 테스가 자기 의사에 반해서 순결을 잃었다는 것을 알면서도 테스의 오점을 용납할 수 없는 것이다. 그리고 테스가 자기 주위에는 과거에 순결을 잃은 여인도 남편이 그것을 용납해서 순조로운 결혼생활을 하는 사례도 많다고 하자 '상종하는 무리가 다르면 풍속도 다르다' (different society different manners)라고, 테스를 도덕관념이 희박한 하층민으로 분류하는 모진 발언을 하고 테스를 잔인하게 외면한다.

테스는 웬만한 남성에게라면 자기가 알렉의 피해자라는 것, 그리고 자기가 에인젤에게 자기의 과거를 미리 고백하려고 여러 번 시도했지만 에인젤이 그때마다 농으로 넘기고 기회를 주지 않았던 것 등을 들어 따지고 항의할 수도 있었지만, 에인젤에게는 사랑이라기보다 숭배에 가까운 감정을 갖고 있었고, 부당한 일을 하지 않는 인물로 확신하고 있었기 때문에 그의 잔인한 처사도 온순하게 받아들인다. 만약 테스가 논리적으로 에인젤에게서 버림받아야 할 이유가 없음을 설파했다면 오히려 에인젤로 하여금 자신의 행동의 비정함, 불합리함을 깨닫고 마음을 고쳐먹게 했을 수도 있다. 그러나 테스는 자기의 과거로 인하여 그에게 실망과 슬픔을 주었으므로 자기는 에인젤의 어떠한 결정이라도 두말없이 따르는 것이 도리이며 속죄의 길이라고 생각한다.

이 상황의 아이러니는 테스가 사실은 에인젤보다 훨씬 높은 계층 출신이라는 것이다. 이 소설은 테스의 아버지가 이웃 동네의 트링햄 목사에게서 그가 그 지역에서 위세를 떨쳤던 더버빌가의 후손이라는 사실을 듣는 것으로 시작된다. 그 때문에 아버지가 그날 밤 기고만장해서 동네 사람들에게 자랑을 하느라고 만취해서 곯아떨어지고 이튿날 새벽에 꿀통을 배달하러 갈 수 없게 되었던 것이 테스의 비극의 발단이었다. 테스 역시 전날 메이데이 행진에 참여해서 행진을 하고 춤을 추느라 몹시 피곤한 몸으로 깜깜한 새벽길에 노마(老馬)를 몰아서 벌통 배달을 나갔다가 잠시 조는 사이에 마차가 맞은편에서 오던 우편마차와 충돌해서 말이 바퀴 축에 가슴을 관통당해 죽는다. 가족의 중요한 생계수단인 말의 죽음에 책임감을 느낀 테스가 어머니의 뜻대로 부자 친척집으로 도움을 청하러 가게 되면서 알렉을 만나게 된 것이다.

혈통적으로 귀족의 후예라 해도 귀족다운 생활수준과 방식을 유지하지 못하면 귀족다움을 잃기 마련이지만 테스에게서는 타고난 귀족적인 면모가 자주 드러난다. 알렉과의 성관계로 인한 하등의 보상을 결단코 배격하는 테스의 결벽, 일단 사랑한 남자에게는 절대적 충성을 바치는 신의, 그리고 어떠한 고초를 겪으면서도 자신의 명예를 팔아서 안락을 구하지 않는 용기와 꿋꿋함이 그녀가 범상한 여성이 아님을 보여주고 있다. 에인젤은 원래 귀족이라는 족속들을 몹시 싫어했는데 테스에게서 그녀가 더버빌가의 후손이라는 걱정스러운 '고백'을 듣고는 환호하다시피 좋아한다. 이것은 테스의 출신이 미천해서 자기 부모가 탐탁해 하지 않았으므로 테스가 귀족의 후손이라면 좋아하실 것 같아서이고, 에인젤 역시 아내가 귀족 가문 출신이라고 생각하면 우쭐해지는 속물근성에서 완전히 자유롭지는 못하기 때문이다. 에인젤이 테스의 혈통을 알고 나서 그녀를 더 사랑한다고는 할 수 없지만 그의 마음속의 테스의 가치가 약간 올라간 것도 사실이다.

하디는 테스의 귀족혈통에 대해서 2중적인 태도를 보인다. 한편으로는 귀족을 지극히 미워해서 테스가 알렉의 정욕의 제물이 된 것도 그 조상들이 지은 죄에 대한 죗값 치르기일지 모른다고 시사한다. 노르만인 정복자 윌리엄의 수행기사로서 영국에 온 더버빌 기사는 무력과 체력을 갖추고 왕의 후광까지 지녔으니 피정복민 영국인들을 오락삼아 수탈하고 겁탈했을 것이다. 테스의 귀족혈통은 번번이 그녀에게 함정이 되고 장애물이 된다. 테스의 아버지가 트링햄 목사에게서 자기의 혈통 이야기를 듣고 우쭐해진 데서부터 모든 일이 연쇄적으로 벌어진 것을 비롯해서 알렉이 더버빌이라는 성을 무단으로 사용한 것 때문에 테스가 그의 집에 일을 구하러 갔던 것, 테스가 에인젤과 신혼여행을 떠날 때 들은 불길한 더버빌가 마차(the D'Urberville coach)의 전설, 신혼여행을 간 집의 계단 옆 벽에 벽화로 그려진 더버빌가 여인들의 소름끼치는 초상화와 그 때문에 에인젤이 테스의 방에 들어가려다가 돌아서서 내려온 것 등등. 그러나 또 한편으로 독자들은 테스의 고결한 성품, 가혹하고 부당한 운명도 꿋꿋하게 견디면서 남을 탓하지 않는 용기, 그리고 가족을 위해 모든 것을 희생하는 관대함 등이 그녀의 귀족적 혈통의 산물이라고 생각하게 된다.

하디는 테스가 알렉의 제물이 되는 순간 탄식한다: '어째서 이렇게 눈[雪]처럼 맑고 거미줄처럼 여리고 아름다운 여성의 몸에 그렇게 조악한 무늬가 그려져야 하는가? 왜 그토록 조악한 인간이 섬세한 인간을 차지해야 하는가? … 수천 년의 분석철학도 여기에 대해 우리의 논리감각이 받아들일 수 있는 답을 주지 못했다'라면서. 그리고 그것이 어쩌면 테스가 조상의 비행의 '죗값'을 치르는 것일 수 있다는 가능성을 개진한다: '사실, 이 재앙에 징벌의 요소가 내재할 가능성을 인정할 수 있다. 갑옷을 입은 테스의 조상 중에는 무술시합을 하고 기고만장해서 집으로 향하다 당대의 농노 처녀에게 같은 짓을 더 무자비하게 저지른 자가 있을 것이다'라고. 그러나 하디는 그 논리를 거부한다: '조상의 죄과를 자손에게 치르게 하는 것이 신들에게는 훌륭한 도덕률일지 몰라도 보통 인간 본성은 그러한 응보를 경멸하고, 따라서 그것은 위로가 되지 못한다'라고.[02] 하디의 태도가 모순되고 이중적이었다면 영국민 일반의 태도 역시 모순되고 이중적이었을 것으로 추측할 수 있다.

20세기에 들어오면서 계급 간의 차이는 점점 더 불분명해지지만 계급의식은 지워지지 않아서 미묘한 갈등이 많아지고, 전통적인 위계질서에 의거한 해결이 어렵게 된다. 그러나 사회적 계층은 넘지 못할 벽이 아니고 민주의식의 확산으로 사람들의 자기정체성의 가장 중요한 구성요소가 소속계층이기를 그쳤다. 신사계층의 보도(寶刀)는 교양과 품위였는데 중산층(여기서 중산층은 소득으로 구분한 중산층이 아니고 사회적 서열에서의 중산층을 말한다. 19세기에 이르러서는 재산상으로는 사실상 중산층이 젠트리 계층을 훨씬 상회하는 경우가 많았다)도 교육을 받게 되고 풍족한 삶의 조건이 대를 거듭하면서 중산층의 눈에 신사계층이 더 이상 특별히 상위계층의 대접을 받을 당위성이 없어졌다. 더구나 상위계층의 부당한 특권에 대한 저항운동인 민주주의 투쟁은 만민평등의 사상과 인권사상을 심어주어서 신사계층의 특권의식을 비웃음의 대상으로 만들었다. 그리고 소설의 주 관심사는 계층적 차이로 인한 갈등보다는 개개인의 성격과 심리적 기제, 성장환경과 과정이 달라 벌어지는 가치관이나 시각의 차이로 인한 불협화음이나 갈등인 경우가 많다.

02 *Tess*, p.63(필자 번역).

거드런의 경우

20세기 초, 모더니즘 계열의 작가 중에서 계급의식이 첨예했던 작가는 D. H. 로렌스이다. 자신의 천재성에 대해 ─천재성이라기보다 예술가적 비전에─ 100% 확신을 갖고 있던 로렌스에게는 모든 가짜들 ─예술적 감수성이나 비전이 없으면서 예술적인 척하는 상류층─ 이 경멸스럽고 혐오스러웠을 것이다. 계층을 방패삼아 가짜이면서 진짜로 행세하려던 자들에 대한 로렌스의 멸시와 증오가 어떠했겠는가. 로렌스는 그런 가짜들을 풍자하는 데 많은 지면과 정력을 낭비하지는 않았다. 그러나 《사랑하는 여인들(Women in Love)》의 허마이오니를 보면 로렌스의 혐오의 대상이 되는 것이 얼마나 처참한 것인지를 알 수 있다. 로렌스는 어떤 사람이나 사물을 묘사할 때 자신의 정직한 감정을 표출했지 그 대상에게 공정하려고 애쓰지는 않았다. 《사랑하는 여인들》의 허마이오니의 경우, 그 모델인 레이디 오톨라인 모렐이 로렌스가 물질적·현실적으로 많은 도움을 받고 신세를 진 여성이었기 때문에 '배은망덕'이라는 비난을 받았지만 로렌스는 객관적인 공정성보다 주관적인 진실이 우선적이라고 생각했을 것이다.

이 작품에는 네 명의 주인공이 등장하는 데 제럴드 크라이치는 그 지역 제일의 사업가(탄광주)의 아들로서 그 지역에서 가장 조건이 좋은 신랑감이다. 루퍼트 버킨은 장학사인데 그의 성장과정은 자세히 나와 있지 않지만 그는 지적·예술적 감수성이 뛰어난 사람이고 크게 고난의 생을 살지는 않았지만 출신은 중하류층이라고 보인다. 거드런과 어슐라 자매는 그들의 증조할아버지가 부유한 자영농이고, 아버지는 기술이 뛰어난 장인(匠人)이어서 다자녀 가정이지만 생활에 불편이 없는, 그러니까 웬만한 사람에게는 꿀릴 것이 전혀 없는 사람이다.

어슐라는 버킨과 사랑하게 되어서 지적으로는 버킨이 주도하는 느낌이 약간 있지만 계층적인 문제에서의 고민은 없다. 그러나 예술가의 첨예한 감수성과 자존심을 지닌 거드런은 제럴드와 사랑에 빠지면서 계층적 의식으로 은근히 괴로워한다. 두 사람 다 뛰어난 외모에다 속된 대중에 대해서 우월감을 느끼고 자기 방식대로 살면서 누구의 간섭도 허용하지 않기 때문에 그들은 매우 동질적인 한 쌍이다. 그러나 제럴드는 거드런에게 성적·예술적으로 매혹되지만 그는 거드런에게 경배를 바쳤던 보통 남성들과는 다르다. 그가 우월감이 강해서이기도 하지만 그는 어렸을 때 총기사고로 동생을 쏘아죽인 사건으로 인해 일생 죄책감을 안고 살고 있기 때문에 지극히 자기파괴적이고 냉소적·허무주의적인 인물이어서 호락호락하게 여성에게 순정을 바칠 수는 없는 사람이다. 게다가 그의 여동생도 그의 집에서 마을 사람을 모두 불러 모아 잔치를 하는 날 익사해서 그의 허무와 자기파괴적 성향은 더욱 짙어진다. 그런데 거드런은 남성을 감동시키고 변화시키기보다는 남성을 도발하는 여성이어서 두 사람의 사랑은 팽팽한 줄다리기가 되지 않을 수 없다. 제럴드에게는 사업의 골치 아픈 문제나 자극적인 사랑의 게임이나 모두 그의 내부에 자리 잡고 있는 죄의식의 블랙홀을 잠시 가리는 역할밖에 할 수 없다.

거드런이 제럴드 아버지의 초청으로 제럴드 여동생의 미술지도를 하게 되는 것은 아주 적절한 일이다. 거드런은 크라이치가에서 정중한 대접을 받고 수업료도 후하게 받을 뿐 아니라 생도도 매우 재주가 있어서 전혀 초라한 일이 아니다. 거드런도 자기 생도를 좋아하고 그녀를 지도하는 데 대해 보람을 느낀다. 그러나 크라이치가의 일종의 고용인이 되었다는 생각은 거드런의 가슴속에 가시처럼 박혀서, 제럴드가 그 사실에 대해 책임이 있건 없건 제럴드가 거기에 대해 대가를 치러야 한다.

제럴드가 일생 사랑했지만 또한 무시했던 아버지의 사망을 괴로워하고 절박한 심경으로 거드런의 집을 찾는 무모한 모험을 했을 때 거드런은 그에게 연민을 느껴 그를 받아준다. 그러나 그것으로 제럴드가 거드런의 손에 자기 운명을 내려놓지 않았고 그 후에 한동안 다른 일 때문에 거드런을 찾지도 않아서 그 결합이 그들을 묶어놓지 못한다. 오히려 거드런의 자존심을 더욱더 거스르게 된다.

제럴드가 어슐라-버킨 부부와 거드런을 스위스에서의 휴가에 초대한 것은 거드런에 대한 엄청난 모욕이었다. 거드런이 시대의 첨단을 달리고 구시대의 이중적 성모럴을 배격하는 '신여성'이라 해도 결혼도 하지 않은 상태에서 남자와 여행을 다니는 여자에 대한 사회의 편견과 멸시를 무시할 수는 없었다. 또한 그녀의 사회적 지위 역시 허마이오니처럼 세상의 이목 따위는 무시할 수 있을 만큼 높지 않았기 때문이다. 그러므로 제럴드가 거드런에게 (버킨을 통해서) 여행을 제안한 것은 일변 대담하고 일변 뻔뻔스러운 일이다. 보통 규수라면 그런 여행제안을 일언지하에 거절하고 제럴드에게 강력한 질책과 절연의 편지를 써야 했겠지만 거드런은 마치 세상의 이목 따위는 안중에 없다는 듯이 수락한다. 물론 거드런이 제럴드에게 강력하게 이끌리고 있었기 때문에 그와의 사랑을 더 진전시키고 싶은 마음도 있었지만 진정하고 순수한 사랑은 그들 사이에 불평등이 존재하는 한 가능하지 않은 것이었고, 그들 사이의 불평등은 수백 년 내려 온 계급의식을 영국인들의 뇌리와 심성에서 제거하거나 제럴드가 거드런을 절대적으로 숭배하고 그의 앞에 어린아이가 되지 않는 한 불가능한 것이었다. 그리고 후자의 경우 거드런이 일시적인 승리감과 만족을 느낄 수는 있지만 제럴드의 거드런에 대한 매력은 급속히 소멸되는 것이 아니겠는가. 결국 거드런은 도착하자마자 여관에 자기가 제럴드와 부부 사이가 아님을 당당하게 밝히고 (여관주인이 당황하고 민망해하는 것은 무시하고) 제럴드와 한 방을 쓰면서 거기서 만난 뢰얼케라는 전위적인 예술가(조각가)와 과시적으로 시시덕거리면서 희롱을 하고 예술에 대한 진지한 논쟁을 전개한다. 물론 제럴드는 참여할 의향도 능력도 없는 대화이다. 이것이

도를 지나쳐서 제럴드에 대한 극도의 모욕으로 발전하자 제럴드는 거드런을 목 조르다가 그만두고 설원으로 나아가 무작정 걷다가 쓰러져 다음 날 냉동된 시체로 발견된다.

제럴드가 죽자 버킨은 통곡하며 제럴드의 죽음을 애도하는데 친구에 대한 애도로서 정도가 지나치다고 생각한 어슐라가 지나치다고 말하자 버킨은 남자에게는 여자의 사랑만으로 충분하지 않고 남자의 사랑도 필요하다고 말해 어슐라에게 충격을 준다. 그런데 버킨은 제럴드와의 계층적 차이에 대해서 열등감이라든가 시기심을 전혀 느끼지 않는 것 같다. 이는 어찌 보면 버킨에게 남자와의 사랑은 부차적인 것이기 때문일 수도 있고, 어찌 보면 제럴드에게 느끼는 사랑이 더 절대적이고 이해타산을 초월한 사랑이기 때문일 수도 있겠다.

20세기 소설의 또 한 사람의 대가 제임스 조이스는 조국 아일랜드를 견디지 못하고 스스로 유배를 택했다. 그가 견디지 못했던 이유는 첫째 종교적 편협성과 정치적 극단성이었다. 아일랜드 사람들은 다혈질이고 즉흥적이어서 종교적·정치적인 문제로 잘 흥분하고, 자기와 다른 생각을 가진 사람을 인정하고 관용하지 못해서 끊임없이 분쟁이 일어난다. 그리고 아일랜드인의 종교는 지나치게 맹신적인 데가 있어서 이성적 사고, 합리적 개혁에 걸림돌이 된다. 조이스의 자전적 소설 《젊은 예술가의 초상》에서 주인공 스티븐 디

달러스는 아일랜드에서는 신부가 너무 절대적인 권위와 권력을 갖고 민중은 신부의 말을 맹목적으로 따르기 때문에 아일랜드가 후진성을 벗을 수 없는 것이라고 생각한다. 스티븐은 최우등생으로서 신부가 되라는 권유를 받았지만 그 권력과 풍요의 유혹을 뿌리치고 창작의 자유를 찾아 스스로 평생 유배의 길을 택했다. 그리고 아일랜드 사람들의 남에 대한 지나친 관심과 간섭은 예술가를 옥죄이는 사슬이었다. 20세기 최대의 명작으로 평가받는 《율리시즈》에는 계층적인 갈등이 민족, 종교, 정치적 신념, 예술적 신조, 성격, 기타 잡다한 갈등과 뒤섞여 존재한다. 20세기에 이미 계층은 고정적인 것이 아니게 되었고 21세기에 들어와서는 더욱 그러하다.

제 5 장

—

신사사회의 숙녀

우리가 개화기에 서양의 문물을 처음 접했을 때 너무도 놀랍고 신기하고 부럽고 황홀했던 것이 남녀가 자유롭게 만나서 거리낌 없이 대화를 나누고 자연스럽게 사랑에 빠지기도 하고 부모의 승인 하에 교제하다가 본인들의 의사로 결혼을 결정하는 것이지 않았는가? 1960년대까지만 해도 여성의 배우자 선택권이 거의 없었고, 자유연애는 대부분의 경우 비극의 서막이었던 우리나라의 현실에서 경탄스럽기 그지없는 광경이었다. 물론 서양에서도 현실은 그렇게 여성에게 호의적이지만은 않았다. 서양에서도 현실은 사랑하는 남녀가 재정적·정략적 이유로 맺어지지 못하는 경우도 많았고, 시골 규수의 경우에는 선택할 배우자의 대상이 지극히 제한되어 있었다. 무엇보다도 영화를 통해서는 숙녀가 경제적인 절대 약자였다는 사실을 실감하기 어려웠다. 요즈음 영화에는 거의 보이지 않는 장면이지만 1930-40년대의 '고전' 영화에는 신사와 숙녀가 말다툼을 하다가 숙녀가 성깔을 부리며 신사의 뺨을 매섭게 올려부치면 신사는 허리를 깊이 숙이면서 자기를 때린 숙녀의 손을 정중히 들어 올려 키스를 했다. 그러나 현실 속의 숙녀는 그토록 기세가 당당하지 못했다. 숙녀는 생산활동에 참여하지 못하고 사실상 의존적·기생적 존재였다. 여러 번 지적한 대로 남자들도 생산을 하지 않거나 또는 거의 하지 않았다. 그러나 재산의 대부분이 남성들의 소유였기 때문에 대부분의 여성들은 경제적 무력자였다. 뿐만 아니라 부모에게 재산을 상속받는 여성의 경우에도 [1883년 기혼여성의 재산권법(Married Women's Property Act)이 제정되기까지] 아내의 재산은 법적으로 남편에게 귀속되었다. 그래서 부모나 법적인 후견인이 있는 여성의 경우에는 결혼 전에 '혼인약정'(marriage settlement)을 체결해서 신부가 지참하는 재산을 신부 자신이 처분할 수 있도록 하는 장치를 마련했다. 한마디로 영국의, 사실상 전 서구의, 숙녀들은 장식적인 존재였다.

그러나 장식적인 존재라고 해서 여성에게 도덕적 책임이 덜 부과되었던 것이 아님은 주지하는 바와 같다. 《테스》와 《클라리사》 등 수많은 소설과 실화의 예에서 보듯이, 성 모럴에 있어서 여성은 남성에 의해 '피해'를 입고도 그것이 그녀의 실수나 과오인 것처럼 대가를 치러야 했다. 성적인 문제가 아닌 영역에서도 여성은 처신에 있어 남성과 같은, 또는 그 이상으로 엄격한 도덕적 기준을 요구받았다. 《북부와 남부》의 마가렛은 손튼에게 폭도로 변한 노동자들을 해산하기 위해서 군대를 부르지 말고 남자답게 나가서 대면하여 설득하라고 촉구했다가 그가 폭도에게 맞아 죽을 위험에 처하자 그를 보호하기 위해 폭도들 앞으로 뛰쳐나간다. 자신이 그를 사지로 내보냈기 때문에 목숨을 걸고라도 그를 구해야 한다고 생각한 것이다. 물론 이것은 관습이 요구한 것이 아니고 오히려 세상은 그런 행동을 숙녀답지 못하다고 보았겠지만 마가렛은 자기의 여성성이 자기 행동의 책임을 면제해 준다고 생각하지 않았다. 마가렛은 이날 다행이 손튼을 구하고 자신도 경미한 상처만 입었지만 사실 여성은 인생의 위기에서 무력했다. 마가렛의 경우 그 무력함이 그녀의 방패가 되어주었지만 그것은 행운이 따라주었기 때문에 가능했다.

영국 문학은 아니지만 유명한 《인형의 집(A Doll's House)》의 여주인공 노라는 남편이 아파서 전지(轉地) 요양이 절대적으로 필요한 상황에서 친정아버지의 서명을 위조해서 돈을 융자해서 남편에게 필요한 전지 요양을 시키고 남편이 건강을 회복하고 승진도 해서 행복한 가정을 꾸려나간다. 그녀는 돈을 빌리기 위해서 친정아버지의 서명을 위조했으나 갚을 의도로 융자한 돈이고 몇 해에 걸쳐 생활비를 현명하게 절약해서 모두 변제했으므로 다만 서류상 필요한 서명을 위조한 데 대해서 양심의 가책을 느끼지 않았고, 남편에게는 비밀로 한 일이었지만 만약 그것이 탄로가 날 경우에는 남편이 그 사정을 알고는 책임을 자기가 떠안을 것으로 확신했다. 그러나 크뢰그스타드라는 자가 그것을 약점으로 그녀의 남편의 은행에서 파면되는 것을 면해보려고 자기를 계속 고용하지 않으면 폭로하겠다고 위협을 하자 남편은 '아내를 위해서라도 명예를 희생하는 사람은 없다'고 말하면서 아내가 자기를 살리기 위해서 한 일이지만 그 책임을 떠맡기를 거절한다. 그래서 노라가 남편이 자기를 인격체로 사랑했던 것이 아니라 자기는 남편에게 그냥 인형 같은 장난감에 불과했음을 깨닫고 집을 떠나는 것이다. 영국 신사들이라면 이런 상황에서 좀 더 깊은 고민을 했겠지만 역시 토발드 이상의 '신사도'를 발휘하기가 힘들었을 것이다.

영국소설에 등장하는 신사 숙녀의 부부생활은 상당히 무덤덤하다. 화목하고 따뜻한 가정, 애정과 웃음이 넘치는 부부관계는 별로 보이지 않는다. 행복하고 문제없는 가정은 소설의 소재로는 별 흥미가 없다고 생각해서일까? 특히 부부사이의 성의 문제에 대해서는 영국소설은 거의 언급하고 있지 않다. 많은 소설에서 남편과 아내가 서로를 대하는 태도는 마치 성적인 관계가 존재하지 않는 부부의 태도같이 보이기도 한다. 물론 그랬을 리는 없고, 영국의 가정에도 자녀는 태어났다. 그러나 부부간의 성문제로 인한 갈등이 어떻게 전개되고 해결이 되었는지, 되지 못했는지는 상상할 수 있을 따름이다. 19세기가 끝나 갈 무렵에 발표된 토머스 하디의 《무명인 주드(Jude the Obscure)》에 보면 틸롯슨은 아내 수(Sue)가 성적인 관계를 원치 않기 때문에 아내를 갈망하면서도 부부관계를 요구하지 못한다. 수는 주드와 동거하면서 남편 틸롯슨에 대한 죄책감으로 주드와의 성관계를 거절하고, 이것은 그녀를 열렬히 사랑하는 주드에게 말할 수 없는 고통을 주지만 주드는 그녀의 의사를 존중한다. 그러나 모든 영국신사가 아내가 성관계를 거부할 때 아내의 의사를 존중했는지는 18세기나 19세기 소설을 통해서는 알 수 없다.

영국에서 최초로 남성에 의해 씌어진 여권론인 《여성의 예종(The Subjection of Women)》의 저자 존 스튜어트 밀도, 엘리자베스 여왕을 비롯한 역사상 훌륭한 여성 통치자들을 예로 들면서 여성들도 훈련을 받고 기회가 주어진다면 남성의 영역으로 인식된 일 중에서 못할 것이 없다고 주장했다. 하지만 '인생에서의 여성의 역할은 인생을 아름답게 하는 것'이라고 말하고 남녀 간의 역할 분담은 남성은 돈을 벌고 여성은 그것을 쓰는 것이 적절하다고 말했을 정도로 남·녀가 나란히, 동등하게 경제활동에 참여하는 것은 당시로는 상상하기 어려웠던 일이다.

어쨌든, 근대 영국의 상류사회에서 여성은 장식적인 존재였고, 여성 양육의 주된 목표는 여성을 철저히 장식적인 존재로 만드는 것이었다. 그렇게 해서 여성의 매력에 부가가치를 더해서 결혼시장에서 재력이 든든한 신랑을 포획하면 그 양육은 대성공이었고, 부모는 역할을 완수하는 것이 되었다.

대부분의 숙녀들이 결혼시장에서 퇴물이 되는 비극을 너무나 잘 알고 있었기 때문에 부모들의 가르침을 잘 받들어서, 당대 사회에서 여성다운 매력을 증진시키는 교양으로 간주되었던 외국어, 음악, 스케치, 자수 등의 재주를 잘 연마한 '교양 있는 숙녀'(accomplished lady)가 되려고 노력했고, 조건이 괜찮은 남성이 접근해 올 때는 인간적으로 그리 끌리지 않더라도 가능성을 열어두도록 노력했다. 그러나 이런 지침을 따른다고 모든 숙녀가 안정된 주부가 될 수 있는 것이 아니었다. 모든 숙녀는 자동인형이 아니었고, 운명의 소용돌이는 온순한 숙녀라고 비켜가 주지 않았다.

자립할 만한 재산을 물려받지 못하는 여성이 결혼을 하지 못하면, '가정교사'를 할 만한 학력과 소양(피아노, 미술 등)이 있으면 당시에 숙녀로서 가질 수 있었던 거의 유일한 직업인 가정교사가 되어 고용살이를 떠났다. 가정교사는 governess인데 이는 governor의 여성형이지만 governer와 governess 사이에는 하늘과 땅의 간격이 있었다. 남자 가정교사는 tutor라고 불렸다. governess들은 유년의 남녀 아동과 소녀들을 가르쳤다. 5–6세까지의 어린이들은 보모(nurse 또는 nanny)가 돌보았는데 유아를 포함해서 아이들 둘셋을 함께 맡을 경우 가정교사가 보모의 역할을 일부 겸하기도 했다. 남아들은 7–8세가 되면 대부분 퍼블릭 스쿨 또는 사설학교에 보내졌기 때문에 10세 이상의 소년을 governess가 가르치는 경우는 거의 없었다. 영화 〈사운드 오브 뮤직〉에서처럼 다섯 살 꼬마부터 16세까지 일곱 명의 남아, 여아를 모두 한 명의 가정교사가 가르치는 일은 없었다. 가정교사는 생도가 15–16세가 되면 교육을 끝내고 떠났지만 선생과 제자가 오래 정이 든 경우에는 친구 겸 샤프론으로 남는 경우도 있었다.

　　가정교사는 눈물에 젖은 빵을 먹는 직업이었다. 간혹 인심이 후하고 사람을 인격으로 대접하는 집의 가정교사가 되어 가족과 같은 대우를 받고 가르치는 생도들과도 좋은 관계를 갖게 되어서 가정교사를 그만 두고도 유대를 가지며 노후에 도움도 받는 경우도 있었다. 그러나 대부분의 가정교사들은 하녀도 아니고 동등한 지위도 아닌 매우 어중간한 위치에서, 생도들의 어머니인 그 집의 주부로부터 심한 견제를 받았다. 가정교사가 학식이 뛰어나고 세상사에 대한 식견이나 판단력이 뛰어나서 바깥주인이나 큰아들의 좋은 대화상대가 되는 것도 주부들은 별로 반겨하지 않았고, 자기 아이들이 가정교사를 엄마보다 존경하고 좋아하는 것도 그리 탐탁지 않아 했다. 많은 경우, 가정교사의 권위를 인정하려 하지 않고 가정교사를 골탕 먹이는 것을 어린 시절의 즐거움이며 특권으로 삼는 생도들을 다잡아 공부를 시켜야 했다. 《제인 에어(Jane Eyre)》에서 제인의 가정교사 생활은 그리 비참하지는 않았다. 아델은 로체스터 씨의 딸이 아니고 피후견인에 불과했기 때문에 가정교사를 무시하고 골탕 먹이는 일은 생각도 못 했고 또 제인을 몹시 따르고 좋아해서 제인에게 아무런 굴욕감을 주지 않았다. 그러나 만약 로체스터의 아내가 정신병자여서 3층 다락방에 갇혀 지내는 몸이 아니었다면 로체스터가 제인에게 느끼는 신선한 충격, 매혹을 몹시 못마땅해 하고 제인을 해고하려고 일을 꾸미거나 제인을 사사건건 괴롭히지 않았겠는가.

이 소설에서 제인의 '라이벌'인 블랑슈 잉그램 양은 자기 자매가 어렸을 때 가정교사를 골탕 먹인 이야기를 자랑삼아 하고 그들의 어머니는 가정교사들 때문에 골치 아팠다면서 가정교사를 싸잡아서 매도한다. 그 방의 한쪽 끝에, 그녀의 말을 명확히 들을 수 있는 거리에 한 가정교사가 앉아 있다는 것을 알지만 목소리를 낮추지도 않는다. 남아를 학교에 보내지 않고 특별히 독선생 가정교사를 두고 가르칠 경우에는 물론 남자선생이었는데 tutor라고 불렸고, 그들은 여자 가정교사보다 월등히 나은 대우를 받았다. 대귀족 가문에서는 명망 있는 학자, 옥스퍼드나 케임브리지 대학의 교수 또는 저명한 음악가나 화가를 튜터로 청하는 경우도 있었는데 그 경우 입주 가정교사도 있었지만 대부분 정기적 또는 부정기적으로 방문해서 지도하는 특별 스승이었다.

여자 가정교사의 연봉은 숙식을 제공받고 18-30파운드 정도였다. 여기서 세탁비는 공제했다. 그러니까 초임 가정교사의 경우에는 한 달에 겨우 1파운드 남짓의 봉급을 받고 일했다는 이야기가 된다. 물론 오늘날과는 화폐 가치가 달랐지만 다시의 토지에서 나오는 연 수입은 1만 파운드이고, 19세기 중엽에 자립을 염원하는 플로렌스 나이팅게일에게 자립할 수 있도록 그녀의 아버지가 그녀에게 떼어 준 재산이 연 500파운드임을 감안하면 가정교사의 봉급을 모아서 자립의 기반을 마련한다는 것이 얼마나 절망적인 일인지 짐작할 수 있다.

가정교사는 알음알음으로 소개나 추천을 받아서 가는 경우도 있었고, 구직광고를 내거나 구인광고를 보고 조건이 맞으면 가게 되는 경우가 많았다. 가정교사는 일을 하다가 그 집의 환경이나 가족이 몹시 마음에 들지 않는다고 당장 그만 둘 수도 없었다. 다음 직장을 구하기도 쉽지 않았고, 다음에 고용하려는 사람이 그녀가 전에 가르치던 아이들 부모의 추천서 또는 소견서를 받아보기 때문이었다. 그래서 아무리 싫고 분노가 치밀더라도 참고 최대한 기분을 거스르지 않으면서 후임을 구할 한 달의 말미를 주고 그 기간을 기다려서 떠나야 했다. 그러므로 젊은 여성들에게 가정교사로 나간다는 것이 얼마나 두렵고 싫은 일이었을지 짐작이 가지 않는가.

그렇지만 가정교사의 자격도 없는 여성의 비애에야 비하겠는가. 앞에서도 언급했듯이 영국국교회의 가난한 목사들은 딸들을 교육시킬 형편이 되지 않아서 그들의 딸들이 하녀나 세탁부로 생계를 찾아야 하는 경우도 있기 때문에, 국교회의 체면을 보존하기 위해서 '목사의 딸들을 위한 교육기관'이 설립되었다. 샬럿 브론테도 그 기관의 신세(?)를 졌고 그의 두 언니는 그 기관의 제물이 되어서 그 기관의 개혁을 앞당기는 힘이 되었다.

그러니 영국의 상류층 여성들이 얼마나 소설을 쓰고 싶었겠는가. 가정교사로서 굴욕의 빵을 먹지 않고 자기 마음속에 응어리 맺힌 말을 풀어 놓으면서 생계를 해결하고 명성까지 얻을 기회란 얼마나 매력적인가! 물론, 소설가에게는 경험이 절대적으로 필요한데 숙녀로서는 경험할 수 없는 세계, 엿볼 수 없는 영역이 너무나 많았지만 여성들은 풍부한 상상력과 열정, 그리고 섬세한 감정으로 무대는 좁지만 면밀하고 감성적인 작품으로 공감을 얻어냈다. 브론테 자매들도 모두 생계를 위해 소설을 썼고 (생계가 해결되었더라도 소설을 썼을 사람들이기는 하지만) 이제는 잊혀진 수많은 여성들이 자신과 가족의 생계를 위해서 소설을 썼다. 조지 엘리엇과 동시대인인 마가렛 올리펀트(Margaret Oliphant)는 장성한 두 아들과 남동생을 포함해서 14명의 가족을 부양하느라 1년에 한 편 내지 두 편의 소설을 발표해서 평생 50여 편의 소설을 썼다. 그녀는 경제적 압박 때문에 졸속으로 작품을 써내느라 소설의 밀도와 완성도를 높이지 못하는 것을 슬퍼했다.

가정교사로도 나갈 수 없거나, 집안의 지체가 높아 가정교사 일을 할 수 없는 여성은 결혼을 못 하면 아버지의 집에서, 그리고 부친 사후에는 오빠나 남동생의 집에서 살았다. 돈이 있더라도 여성 혼자 생활하는 것은 자칫 헛소문을 야기할 수도 있고, 또 고독 등의 문제가 있어서 나이팅게일처럼 특별한 의지와 목표가 있지 않으면 중년이 될 때까지, 또는 죽을 때까지 부모나 오빠 또는 남동생의 가족과 동거했다. 미혼으로 오빠의 집에 얹혀살게 되면 당연히 올케와의 갈등이 생기게 마련이 아닌가. 영어의 'maiden aunt'라는 말은 단어 자체로는 미혼의 숙모 또는 이모라는 말이지만 매사에 노심초사하고 조카들에게 인기를 얻으려고 응석을 받아주고 올케의 눈치를 보는 매우 처량한 여성을 연상시키는 말이다. 자활할 만한 재산이 있는 경우에도 미혼 여성은 고독으로 인해 성격이 비꼬이기 쉽고 신체적인 건강도 취약해서 '괴팍한 노처녀'(crotchety old maid)가 되는 경우가 많았다. 돈이 있는 노처녀의 경우 나이를 먹어 거동도 점차 불편해지고 시력도 저하되면 '반려'(companion)를 고용했다. 컴패니언이란 젊은 또는 조금 나이 든 노처녀들이 나이 지긋한 혼자 사는 여성을 간단한 시중도 들어 주면서 책도 읽어주고 말동무를 해

주면서 보수를 받는 직업이다. 대개는 가정교사를 할 만한 학력이 없는 여성들이 하는데 고용주들이 늙고 병 들어서 성격이 괴팍하고 꼬인 경우가 많아서 정신적으로 매우 고달픈 직업이었다.

숙녀의 사회활동

'Lady'라는 단어는 원래 'hlaf-dig', 즉 빵을 나눠주는 여인이라는 말이 어원이었다고 한다. 어원에 대한 이해 때문은 아니겠지만 많은 숙녀들이 어려운 사람들의 구호에 큰 힘을 쏟았다. 소작인의 집에 환자가 생기거나 다친 사람이 생기면 지주의 부인과 딸들이 그들을 찾아가서 위문품을 전하고 그들의 어려운 이야기를 듣고 도울 방도를 모색하곤 했다. 농촌에서 지주의 부인과 딸들이 어려운 소작인을 위문하러 갈 때는 으레 구호품이 담긴 바구니를 들고 갔기 때문에 숙녀가 소작인에게 'I'll come with a basket'이라고 하면 위문품을 갖고 방문하겠다는 말이 된다.

19세기에는 노동자들의 고통이 극심했는데 노동자들은 그들을 돌보아 줄 지주의 마님이나 딸이 없어서, 도시의 여성들이 개인적인 자선도 많이 했고, 자선기관을 만들어서 조직적인 구호행위도 많이 했다. 그래서 왕왕 어려운 사람들이 자구책을 마련하지 않고 개인적으로 동정심을 유발하려고 하거나 자선기관에 기댈 생각을 했기 때문에 여성들의 자선사업이 비난과 비판을 받기도 했다. 그들은 여성들의 '무분별한 자선'(indiscriminate charity)이 자립심을 감소시키고 의존심을 높인다고 비난했다. 사실 무차별적인 자선의 폐단은 분명 있었겠지만 경기의 부침에 따라 해고를 당해 굶어 죽는 노동자들이 부지기수였던 시기에 여성들의 자선활동이 구한 생명이 얼마였겠는가?

'숙녀'는 이렇게 제약이 많은 신분이었고 실권도 없어서 자기 뜻대로 살기가 힘든 처지였지만 그럼에도 큰 사회적 영향력을 행사했던 여성도 많다. 숙녀가 행사했던 영향력이 모두 좋았던 것은 아니지만 노예해방 운동, 위생향상을 위한 운동, 윤락가 여성들의 재활을 위한 운동, 금주를 위한 운동 등이 모두 사회정의를 진작하고 영국인의 평균 수명을 늘리고 사회악을 줄이는 데 크게 기여했던 여성주도의 사회운동들이다. 크리미아 전쟁의 소용돌이 속에서 혜성과 같이 나타나서 과학적인 환자 관리로 무수한 부상병들의 생명을 구했던 플로렌스 나이팅게일은 진실로 예외적인 경우였고, 여성 활동의 유파에 속하지는 않았다. 현장 노동운동에서도 여성의 참여는 적지 않았다. 많은 귀족, 상류층의 영양들은 소규모 작업장의 열악한 노동환경을 개선하기 위한 법안입법을 촉구하기 위해서 비인간적인 소규모 작업장(sweatshop)에 위장 취업해서 생생한 보고서를 공표했다. 그리고 최초의 대규모 여성연대가 전개한 여성 참정권운동은 단기간에 성공하지는 못했으나 여성의 예종을 폭파시키는 기폭제였다.

제 6 장

—

모방신사사회:
러시아 귀족사회, 미국 남부 농장귀족,
뉴욕 귀족사회

러시아 귀족사회

피터 대제(Peter the Great, 1672~1725, 통치연간: 1682~1725)가 유럽의 제도와 문물을 도입하고 러시아의 근대화를 선언한 이후 러시아는 급속히 유럽화되어 러시아 귀족들은 서로 대화할 때 불어를 자주 썼을 정도로 유럽 사회와 유럽 귀족의 라이프 스타일을 모방했다. 그러나 물론 그토록 거대한 땅에, 인구의 대부분이 문맹의 농노였던 나라가 유럽화할 수는 없었고 유럽화는 극히 일부의 상류계층에나 해당되는 말이었다. 도스토옙스키나 고골리 작품의 등장인물들은 대체로 뼛속까지 러시아인이고 어떠한 힘도 그들을 서구적으로 바꾸어 놓을 수 없을 것 같다. 그러나 귀족층을 등장인물로 하는 톨스토이의 소설을 보면 러시아 귀족사회는 지극히 유럽지향적인 사회임을 알 수 있다. 《전쟁과 평화(War and Peace)》의 주인공 안드레이 볼콘스키 공작은 어느 유럽의 귀족사회에 이식된다 하더라도 전혀 낯설어하거나 당황하지 않을 것 같다. 그러나 그도 러시아에 전쟁이 휩쓸고 간 후 농노에게서 구세주상(像)을 본다. 어쨌든 평화시 러시아 귀족사회는 사교하는 방법, 구애하는 방법, 그들의 스포츠, 무도회의 풍경, 결투, 모든 것이 유럽의 신사사회를 본받고 있다.

국가의 부가 왕실과 일부 귀족들에게 집중되어 있었으므로 부유한 귀족들의 호화와 사치는 극도에 달했고 서민은 곤궁에 쪼들렸으며 농노들의 삶은 가축보다 나을 바가 없었다. 이런 상황에서 지식인들은 서구의 지적 문명을 지속적으로 접했으므로 공산주의 혁명이 세계에서 최초로 소련에서 일어난 것은 당연해 보인다. 그러나 공산혁명과 함께 지배계층의 서구에 대한 동경은 서리를 맞았고 공산당 간부들의 호화생활도 부분적으로만 유럽 상류사회를 모델로 한 것이다.

미국 남부 귀족사회

남북전쟁 전 미국의 남부 농장귀족의 사회는 철저히 영국의 신사, 즉 젠트리 사회를 모방한 사회였다. 미국 남부에서는 이민집단에서 흔히 일어나는 화석화 현상―본국의 사회는 역동적이라서 변화해도 이민자들은 본국의 전통과 습관을 고수하기 때문에 수십 년이 지나도 그들이 고국을 떠날 때의 본국사회의 모습과 방식을 그대로 보존하고 있는 현상― 이 현저했는데, 남부의 농장주들이 유럽 전역의 다양한 지역, 계층 출신으로 동질성이 부족한 집단임을 감안한다면 매우 놀라운 일이다. 미국에 이민 와서 남부의 기름진 땅을 차지하고 노예 노동력으로 면화농장을 경영하면서 귀족적인 생활을 했던 사람들은 영국에서는 신사계층 출신이 아닌 경우가 많았다. 그러나 오히려 그 때문이었을까? 미국 남부의 농장주들은 영국신사들보다 더욱 우아하고 품격 있게 살려고 했다. 그리고 그들의 면화농장은 그런 그들의 소망을 풍족하게 뒷받침했다. 신사 숙녀의 구애 의식이나 신사들의 사냥취미, '명예'를 자주 들먹이는 것, 그리고 미성숙한 신사들의 결투놀음까지 그들은 영국신사사회의 관행을 풀 세트로 수입해 와서 열심히 답습했다.

물론 그들의 생활기반과 사회적 지위가 비인간적으로 노예를 혹사함으로써 얻어진다는 사실을 그들은 애써 외면했다. 목화밭에서 노예를 채찍질하는 일은 감독(overseer)들에게 일임했고 그들은 집안의 흑인 노예들에게 인정과 관용을 베풀었다. 그 사회에도 흑인노예를 성노예로 삼고 흑인노예에게서 자손을 얻어 그 자손을 종모법(從母法)에 따라 노예로 부리는 농장주들이 있었지만 그 사실은 외면되었다. 마가렛 미첼의 《바람과 함께 사라지다(Gone with the Wind)》는 남북전쟁의 모진 회오리바람으로 인해서 남부 농장주들의 우아한 신사숙녀의 사회가 휩쓸려 사라진 것을 애도한다.

뉴욕 귀족사회

19세기 말에 미국이 세계 최고의 부강국이 되고 뉴욕이 미국의 중심이 되면서 뉴욕에는 거부를 이룩한 사업가들이 다수 생겨나게 되었고, 이들은 한 지역에 이웃하고 살면서 부의 귀족사회를 이룩하게 되었다. 이들은 혈통적으로 대부분 미국에 일찍이 정착한 네덜란드인들의 후예, 영국 청교도들의 후예, 프랑스에서 종교의 자유를 찾아 온 휴그노(Hugnot) 신교도들의 후손들이었다. 이들 역시 그들만의 리그를 이루고 지극히 배타적인 귀족사회를 형성했다. 이 집단 출신의 작가 이디스 워턴의 《순수의 시대(The Age of Innocence)》나 《환희의 집(The House of Mirth)》을 보면 이 집단의 가문들은 거의 족장의 지배 하에서 그들 집단의 코드에 따라 살았고, 지극히 오만하고 잔인할 정도로 배타적이었던 것을 알 수 있다. 그 집단은 그 멤버들을 철저히 보호하고 감싸지만 일단 (부적절한 처신이 공개되었거나 파산 등으로) 자격을 상실하면 무자비하게 소외시켜 버렸다. 워턴은 그 집단의 비인간성을 폭로하지만 또한 그 성원들의 집단에 대한 충성심과 엄격한 처신의 기준을 기렸고 그 귀족사회가 아무런 교양이나 계율이나 기준이 없는 오로지 돈만 알고 돈만 가진 신흥 부자들에 의해 잠식당하다가 흡수되어 버리는 것을 애도했다.

제 7 장

—

신사사회의 유산

이상에서 살펴본 바와 같이 영국의 신사사회에는 소박한 시골지주들의 사회에서부터 런던의 호화찬란한 사회까지 그 규모와 부가 참으로 다양했고 구성원도 숭고한 신사에서부터 망나니까지 색깔과 개성이 무한히 다채로워서 영국의 신사사회는 어떠했다고 간추려 정리하기는 매우 어렵다. 신사사회뿐 아니라 어떤 시대, 지역의 동질적 집단도 그 규모가 클수록 다양하고 이질적인 요소가 존재하게 되지 않겠는가. 앞에서 본 것같이 신사사회에서 완벽하게 신사상을 구현한 사람은 극소수에 지나지 않았다 해도 틀리지 않을 것이고 썩 훌륭하게 구현한 경우도 많지 않을 것이다. 그럼에도 불구하고, 군대와 같은 인위적인 집단을 제외하고 자연발생적으로 형성된 사회로는, 영국의 신사사회가 매우 동질성이 높았으며 그 사회의 이상과 원칙에 대한 구성원들의 충성도가 뛰어났던 사회였다는 것이 필자의 확신이다. 이 책의 내용에서 신사사회의 모순과 여러 신사들의 신사상 실현의 실패는 풍성히 드러났지만 그래도 그 이상이 구성원들을 순치하고 국가사회적인 역할수행을 유도했으며 그 사회를 유지시키기에 충분한 내적 만족을 부여했음은 인정할 수 있으리라.

수차례 지적한 바와 같이 영국의 부강과 발전을 이끈 것은 신사들이 아니었다. 그러나 신사사회는 영국의 안정에 절대적으로 기여했다. 산업혁명과 극심한 부작용은 그 안정을 뒤흔들었는데 신사사회와 그 전통이 없었더라면 영국은 산업혁명의 소용돌이를 견디지 못하고 전복되었을 것이다. 영국이 결국 산업혁명이 야기한 혼란과 고통을 입법을 통해서 하나씩 해결할 수 있었던 것은 신사사회의 유산 덕분이 아니었겠는가? 신사는 영국의 핵심 자산이었고 오늘날도 막대한 자산이다.

영국의 계층은 와해되지 않고 서서히 융화되었고 그 과정은 계속되고 있다. 영국의 모든 계층이 신사의 윤리를 수용해서 신사가 된다면 영국이 이상적 국가가 될 것 같기도 하지만, 민중의 거친 힘과 저항적 시각, 불만의 에너지도 영국의 존속과 발전을 위해 유용하고 필요하다. 신사는 또는 신사사회의 정신적 유산은 앞으로도 영국의 안정과 발전을 위한 귀한 자산이 될 것이다.

부 록

대영 제국 건설과 신사의 역할[01]

    영국은 일찍부터 섬나라로서의 한계를 인식하고 해외로 뻗어나가려 애를 썼다. 해외 진출은 처음에는 영토 확장의 목적보다는 상업적인 목적에서였지만 후발진출국들이 영국이 애써 개척해 놓은 시장을 잠식하고 가설해 놓은 인프라를 점령하려 하면 자국의 자본과 시장을 보호할 필요가 생겨서 국가권력이 진출하게 된다.

    영국은 19세기에 로마제국 이후 세계 최대의 제국을 건설했는데 그 시작은 일종의 민간 벤처사업이었다. 영국은 16세기에 인도에 진출하기 시작했는데 여러 개인과 회사가 무질서하게 진출하니 개별 진출자들이 긴 안목으로 교역을 위한 인프라 건설을 꺼리고 단기 수익만을 목표로 하게 되었다. 결국 정부가 결단을 내려 동인도회사(East India Company)에 독점권을 주어 이 회사가 장기적인 투자와 교역의 기반을 설치하고 그로써 영국이 인도에 영구히 진출할 토대를 마련하도록 했다. 1600년에 출범한 동인도회사는 민자 주식회사였으나 그 독점권은 영국정부가 보장했다.

---

01 이 챕터는 최철주 님이 《영국신사의 식민통치: 인도 고등문관의 길》(하마우즈 데쓰오 저, 동경: 중앙공론사, 1991)을 요약해서 2013년 11월 12일 광화문북클럽에서 발표한 텍스트를 기초로 한 것임.

동인도회사는 인도에 항만, 도로, 주재소 등 인프라를 구축하고, 영국과 인도의 교역을 독점하면서 사실상 인도 내에서 행정권, 경찰권, 외교권을 가졌다. 동인도회사는 2000명의 주주를 가진 대 회사로서 영국의 증권거래소에서 매일 주식이 거래되는 거대 기업이었다. 영국 의회의 감독 하에 1858년까지 인도지배, 세금징수, 전쟁수행, 이웃 국가와 외교를 통한 조약 체결, 인도 관료제의 정비 및 강화, 연고주의 배격 등 준 국가적인 역할을 수행했다. 또한 세계 최초의 문관양성 대학을 창설하고 경영했다.

동인도회사의 식민지경영 인력양성은 17-18세기까지는 현지 적응 능력이 높은 15세 전후의 인력을 채용해서 선배 밑에서 훈련시켰다. 캘커타에 설치했던 사원양성 대학은 옥스브리지 출신 교수진을 두고 52년간 운영했다. 연수 의무기간은 2-3년으로 고전과 철학, 인도의 역사와 언어, 아랍과 산스크리스트어 등을 습득하도록 요구했다. 동인도회사는 인도의 통치자들(마하라자, 라자)과의 세력 다툼이나 마찰을 피하고 오히려 그들과 친교를 쌓고 그들의 신뢰를 얻어 그들을 통해서 인도를 다스렸다. 인도의 562개 지방왕국들은 서로 반목하고 분쟁하는 일이 잦았지만 영국에 반기를 든 일은 없었다.

영국에 가보면 오늘날도 과거 식민지 경영의 흔적이 많이 남아 있다. 런던대학의 동양·아프리카대학(School of Oriental and African Studies)은 오늘날까지 중요한 단과대학이고, 유니버시티 칼리지(University

College)에 들어서면 바로 '이집트학과'(Department of Egyptology)가 눈에 띈다. 그 근처에 '열대질병 연구소'(Institute of tropical diseases)도 있다. 영국인에게 인도를 체계적으로 이해할 수 있게 하기 위해서 존 스튜어트 밀의 부친인 급진주의 철학자 제임스 밀이 동인도회사의 임원으로 여러 해에 걸쳐 인도의 역사(History of India)를 저술했음은 잘 알려진 일이다.

18세기 중엽에 프랑스가 인도를 공략하자 1757년 벵갈 전투에서 동인도회사가 징세권(영토지배권)을 행사함으로써 동인도회사는 상사에서 인도의 통치자로 변신했다. 그리고 1세기 후에는 영국정부가 전 인도의 통치자로 등장해서 군사력과 재정력까지 모두 장악하게 된다. 1857년 세포이의 대반란 이후 영국은 인도를 영국의 직접 통치하에 두고 동인도회사의 본사 대신에 영국의 인도부가 관할했다. 이때부터 인도는 정식으로 영국의 영토가 되고, 1876년에 디즈레일리 수상은 빅토리아 여왕에게 '인도의 여제'의 칭호를 바친다. 빅토리아 여왕은 공식적으로 '영국 여왕이며 인도의 여제'(Queen of England and Empress of India)가 되었다.

그리고 영국은 인도를 효과적으로 통치하기 위해서 1853년에 관리등용시험까지 도입한다. 영국은 근대국가 수립 이후에도 자국을 통치하기 위해서 관리를 선발하는 제도 없이 그냥 연줄로 등용했는데(사실 영국은 통치기구도 매우 작았고 관리의 수도 우스꽝스러울 정도로 적었다) 인도를 통치하기 위해서 관리등용제도를 창설했다는 것은 특기할 만한 일이다. '통치자의 동의하에 통치한다'는 영국적 원칙을 식민지에도 적용하고 관대하고 현명한 통치자로서의 자존심을 유지하기 위한 것이었다. 영국은 산업혁명의 경험을 통해서 힘 있는 자에 의한 힘없는 자의 견제되지 않는 착취가 얼마나 끔찍한 증오와 반목을 낳는지를 알았고 본국과 식민지 사이에 그런 반목과 갈등이 일어나는 것을 원치 않았다. 영국은 후발주자들과 달리 식민지경영도 신사답게 해서 식민지들을 자발적인 속국으로 만들고 싶어 했다.

1865년에 일어났던 자메이카 폭동을 당시의 자메이카 총독이었던 에어 지사(Governor Eyre)가 무자비하게 진압한 실상을 조사하고 에어지사를 탄핵하기 위해 결성되었던 자메이카 위원회의 활동은 영국의 양심적 지성들이 영국의 비인도적인 식민지경영을 얼마나 혐오했던가를 잘 보여준다.[02]

19세기 중반까지만 해도 식민지에 진출하는 영국인들은 본국사회에서 부적응자가 많았다. 그래서 '식민지유형'(the colonial type)이라는 라벨이 생겨날 정도로, 식민지는 본국에서는 이런저런 이유로 낙오한 사람들이 식민지로 나아가 '원주민' 위에 군림하면서 돈도 벌고 자존심도 추스르는 공간이 되었다. 다윈의 생물학적 '적자생존'의 원칙을 사회생활에 적용하는 허버트 스펜서의 '사회적 다위니즘(social Darwinism)' 철학은 후진국 진출을 선진국에서의 부적

---

02 Cf. Appendix E, *The Collected Works of John Stuart Mill*, vol. XXI. Ed. John M. Robson. Toronto: U of Toronto Press, 1984.

자를 구제하는 좋은 방안으로 보았다. 영국정부에서는 영국이 인도를 낙오자의 배출구로 활용한다는 인식을 불식시키려고 문관시험 제도를 마련했다. 그리고 1급 인재를 선발하기 위해서 옥스퍼드와 케임브리지에 교과과정을 설치했다. 식민지 고등문관(Colonial Administrative Service: CAS) 과정과 인도 고등문관(Indian Civil Service: ICS) 과정이 현지어를 알고 법률에 대한 지식을 가지고 현지의 역사와 문화를 이해하고 일반적 문화적 식견과 안목이 높은 식민지 관리 후보를 배출했고, 또 신체적 단련을 시킴으로써 아열대, 열대의 기후에 견딜 수 있는 체력을 가진 관리를 양성했다. 19세기 중후반까지 식민지 관료 선발시험에서 합격한 사람의 57%는 옥스퍼드, 케임브리지 두 대학 출신이었다고 한다. 나중에는 인도인들도 이 시험에 응시해 합격하면 동등한 자격의 관리가 될 수 있게 하였으나, 영국 청년들 사이에서 이 시험의 인기가 떨어지고 인도인 합격자 비율이 높아지자 제한을 두었다. 19세기 말에는 본국관리 선발시험과 식민지 관리시험이 통합되는데 이에 따라 본국관리를 지원하는 합격자가 많아서 식민지 관리 수급에 차질이 빚어지기 시작했다. 1920년이 되면서 대영제국은 전 세계 1/5의 광대한 지역을 다 통치할 관리의 수급이 어려워지고 고급인력의 수급은 불가능해진다. 영국체제 하에서 관리가 된 인도인들은 인도의 독립 이후 국가경영의 노하우를 신생 인도에 적용하는 중요한 역할을 했다.

영국의 대원칙은 식민지 통치자를 본국의 지배계급과 동일시해서 상류층 출신자를 총독이나 지사, 고위관료, 군관료로 근무시키는 것이었다. 물론 식민지에 진출하는 영국인들이 모두 행정관은 아니었고 상인 기타 사업가들도 있었으므로 엘리트들만이 인도에 진출한 것은 결코 아니다. 그러나 영국은 관료들만이라도 고급인력, 신사를 내보내려 했다.

영국은 통치 이후의 대책까지 마련해서 2차 대전 종전 후에 식민지들을 독립시킨 후에도 영연방과 같은 국가관계를 형성하는 데 성공했다. 이는 프랑스가 베트남과 알제리와의, 포르투갈이 앙골라와의, 네덜란드가 인도네시아와의 유사한 관계형성에 실패해서 거대한 투자자금을 잃었던 사례와 대조된다.

영국 식민통치의 이상은 핑거볼의 '전설'이 잘 말해주고 있다. 식민지배를 하려는 영국인들이 식민화하려는 나라의 왕과 대신들을 초대해서 식사를 하는데 원주민 고관이 닭고기를 먹고 기름 묻은 손가락을 씻을 물인 핑거볼의 물을 식수인 줄 알고 마셨다. 그것을 본 영국인 호스트가 재빨리 자신도 핑거볼의 물을 마셨고, 모든 영국인들이 따라 마셔서 원주민들은 무안함을 느끼지 않고 만찬을 끝냈다. 나중에 핑거볼의 용도를 안 원주민들은 자신들을 배려해 준 영국인에게 감복해서 영국인의 말이라면 절대적으로 신봉했다는 '전설'이다.

그러나 이런 가상한 국가차원의 노력이 민간차원에서도 100% 호응을 받아 인도적, 합리적 식민지 경영이 제대로 실현될 수 있었던 것은 아니다. 《인도로 가는 길》 같은 소설이나 조지 오웰이 버마에서 치안관리를 하면서 겪은 경험을 담은 〈코끼리 쏘기〉 등의 회고록을 보면 식민지 관리들의 원주민에 대한 혐오감과 비효율 통치, 그리고 식민지배자들에 대한 원주민들의 반감이 잘 나타나 있다. 물론 영국의 인도 경영은 벨기에의 콩고 경영이나 네덜란드의 인도네시아 경영, 포르투갈의 앙골라 경영 등과 비교한다면 관대함과 효율 그 자체였다. 그러나 영국은 인도에서 비교적 —어디까지나 비교적이다— 인도주의적인 통치를 한 반면에 영국이 수행한 전쟁과 대규모 공사에 인도인들을 동원했고 그 과정에서 많은 인도인이 목숨을 잃었다. 영국의 인도 통치의 공적이라면 인도에 질서를 도입해서 562개의 지방 왕국이 서로 전쟁하는 시기에 인도가 와해되고 말할 수 없는 혼란이 오는 것을 방지해 주었고, 강력하고 효율적인 행정과 공평한 재판제도를 도입한 것이었다. 영국은 식민지에 관리를 파견함에 있어서 풍토병, 현지인들의 폭동 등의 위험요인을 감안해 신분을 보장해 주고 본국 공무원보다 높은 보수체계를 적용했다. 아프리카에 파견되는 고등문관 등은 공개시험으로 채용하지 않고 신사교육을 중점적으로 이수한 사람(현지인들과의 맞대면 능력, 인내력, 훌륭한 매너, 유머감각, 통찰력 있는 사람을 중심으로)을 채용했다. 영국은 인도문관복무제도(ICS: Indian Civil Service)를 통해 영국의 신사규범을 인도에 수출했다. 이것이 소수의 영국인이 다수의 인도를 통치할 수 있었던 비결이다.

《아더왕의 궁정의 코네티컷 양키》

19세기 미국의 휴머리스트이며 풍자소설가였던 마크 트웨인은 중세의 '기사도'와 사람들의 기사도에 대한 환상을 사정없이 비꼬고 폭파하는 《아더왕의 궁정의 코네티컷 양키(A Connecticut Yankee in King Arthur's Court)》라는 풍자소설을 1889년에 발표했다. 이 소설은 세르반테스의 《돈 키호테(Don Quixote de la Mancha)》(Part I 1605, Part II 1615)를 필두로 하는 반기사도 문학(anti-chivalry literature)의 전통에 속한다. 16세기의 서민문학이던 모험소설(picaresque novel)의 전통에도 크게 빚지고 있다. 《돈 키호테》는 잘 알려진 바와 같이 기사도의 시대가 이미 지난 16세기 말–17세기 초에 스페인의 라만차에 거주하는 한 하급귀족이 너무나 많은 기사도의 이야기를 탐독한 나머지 현실감각이 흐려져서 자신을 기사 돈 키호테로 자칭하고 비루먹은 말을 타고 기사의 편력에 나서서 마주치는 여러 우스꽝스럽고 터무니없는 모험과 낭패의 에피소드들을 엮은 것이다. 길가의 여관을 성(城)으로 착각하고 여관주인을 성의 영주로 착각해서 자기에게 기사의 작위를 수여해달라고 애원하고, 풍차를 사악한 거인으로 오인하고 창을 겨누고 달려드는 등 기상천외한 사건을 풍성히 담은

이 작품은 기사도라는 개념과 기사도의 환상에 매달리는 시대에 뒤떨어진 사람을 비웃는 희극으로 해석되어 왔고 그 희극성과 풍자 때문에 400년간 세계인의 사랑을 받아왔다. 지난 400년간 서구의 소설문학(근대적 의미의 '소설'의 요건을 갖춘 novel의 장르)의 시원(始原)으로 인정을 받았고 '이제까지 씌어진 중 최고의 문학작품' 등의 칭송도 풍성히 받은 작품으로 당연히 모방·계승한 작품이 줄을 이었고 트웨인의 《코네티컷 양키》 역시 이 전통의 작품이다.

이 소설에서는 행크 모건이라는 19세기 미국의 폭약·화기류 전문 엔지니어가 부하들과 다투다가 쇠파이프로 머리를 얻어맞고 기절했다가 528년 아더왕의 나라 영국의 수도 캐멀럿에서 깨어난다. 19세기 미국시민이요 과학·기술자인 행크의 눈에 비친 기사도의 나라 영국은 참으로 한심한 미신과 미개한 사회제도의 나라였다. 행크는 6세기 영국인의 눈에는 괴이하게 보이는 복장과 언행 때문에 캐멀럿의 원탁의 기사들 앞에 끌려가서 적성국가에서 온 스파이로 오인되어 화형을 언도 받는다. 그가 화형을 당하기로 된 날인 528년 6월 21일이 마침 6세기 전반의 유일한 개기일식이 일어났던 날인 것을 기억해 낸 행크는 형을 번복하지 않으면 태양을 가리어서 지구상에 영원히 암흑과 겨울이 오게 하겠다고 협박을 한다. 다행이도 그의 발아래 놓인 장작단에 불이 붙여지려는 순간에 태양이 지구의 그림자에 가리어지기 시작했고 순식간에 어둠과 추위가 내려덮이자 사람들은 그를 국가의 '공식' 마술사 멀린보다 훨씬 더 강력한 마술사로 경외하고 두려워하게 된다. 행크는 마술을 풀어 태양을 다시 살려내는 대신 자신을 왕국의 행정을 전담하는 수상으로 임명하라고 요구해서 그 자리를 따낸다. 그 직위의 이름은 'the boss'. 최고의 마법사의 지위를 잃게 된 멀린의 심술로 그는 다른 마법으로 그가 진정 기적을 행할 수 있음을 증명하라는 요구를 받게 되고 그는 자기가 가져 온 다이나마이트를 멀린의 타워에 설치하고 폭풍우 오는 날 번개를 유도해서 멀린의 타워를 폭파시켜 버린다. 다이나마이트를 모르는 중세 사람들에게는 그보다 더 강력한 마술이 있을 수 없다.

행크는 다수의 민중이 노예이고 말할 수 없이 가난하고 비위생적이고 불편한 삶에 갇혀 있는 6세기 영국을 선진화, 민주화하기 위해서 비밀리에 근대식 교육을 하는 학교를 설립하고, 문자를 보급하고 폭약과 무기를 제조하는 비밀 공장을 설치한다. 전신과 전화 설비도 은밀히 가설하고 성냥을 비롯해서 권총, 기관총 등 각종 화기를 생산하게 한다. 자전거도 제작하고 나중에는 철도까지 가설해서 막대한 수익을 올린다. 그는 실력자로서 국민에게 인정은 받지만 귀족태생이 아니어서 신분제도에 뼛속까지 물든 국민의 경배의 대상은 아니다.

사가모어라는 무지하고 심술궂은 기사가 성배(聖杯)를 찾아 동방순례를 떠나면서 행크에게 자기가 다녀오면 무술시합을 하자는 도전을 남기고 떠난다. 무술시합에의 도전을 거절한 기사는 얼굴을 들고 살 수 없는 것이어서 행크는 사가모어가 다녀올 때까지의 3-4년 동안 어떻게든 그 도전에 맞서 살아남을 대책을 마련해야 한다. 그 사이에 아더의 궁정에 앨리샌드라는 여성이 나타나서 자기가 모시던 공주와 귀부인들이 모두 마술에 걸려 돼지로 변했다고 호소를 하고 행크는 그녀를 따라 그녀의 상전들을 구하러 순례길에 나선다. 갑옷을 차려입고 순례길에 나선 행크에게 갑옷은 지옥과도 같은 것이어서 갑옷에 갇힌 그의 몸은 타는 듯한 더위와 가려움, 무거움, 거북함으로 그를 거의 미치게 만든다. 앨리샌드의 상전들은 아직도 돼지의 탈을 못 벗었으나 살아 있었고 행크는 그 순례길에서 아더왕의 여동생인 모건 르 페이라는 악독한 공주도 만난다. 돌아오는 길에 악마의 심술로 말라버렸다는 어느 수도원의 우물을 (새는 곳을 보수해서 ―그러나 민중에게는 마술로 치유했다고 선전하고) 다시 샘솟게 한다. 그 놀라운 '기적'을 보고도 다시 그의 마력을 의심하는 무리는 담배를 피워 연기를 뿜어내어 불 뿜는 용같이 보임으로서 격파한다.

궁정에 돌아와서 행크가 아더왕에게 농부로 변장하고 왕국을 다니며 민정을 살피겠다고 하니 아더왕이 자기도 같이 가겠다고 해서 행크는 아더왕과 함께 백성의 삶을 직접 관찰하러 나선다. 이때 백성은 기사에게 불손하게 보이기만 해도 죽임을 당할 수 있기 때문에 행크는 위엄 있는 자세와 걸음걸이의 아더왕에게 농부의 자세와 걸음걸이를 흉내내게 하려고 무진 애를 쓰지만 별로 성과가 없다. 두 사람은 여러 가지 고초와 위기를 겪으면서 농부들의 참담한 수탈과 학대를 목격한다. 아더왕은 농부들을 불쌍히 여기면서도 그들에 대한 귀족과 기사의 지배권을 우선적으로 생각한다. 농부들과 만찬을 먹다가 아더왕이 편 서투른 농업이론 때문에 첩자로 의심을 받아서 행크와 왕은 농부들에게서 몰매를 맞아 죽을 수도 있는 위기에 봉착한다. 그때 마침 지나가던 기사에게 구출되어 농부들의 손을 벗어나지만 기사는 곧 노예상인에게 두 사람을 팔아넘긴다. 아더왕은 7센트, 행크는 9센트에 팔렸는데 아더왕은 노예로 팔렸다는 사실보다는 자신의 몸값에 더 충격을 받는다. 노예상인은 노예들을 쇠사슬로 손목과 발목을 줄줄이 꿰어서 끌고 다니다가 원매자를 만나거나 노예시장에 이르면 파는데 아더왕의 노예답지 않은 기품이 서린 자세에 대한 지나가는 사람들의 조소가 쏟아지자 노예상인은 무자비하게 채찍을 휘둘러 아더왕의 어깨에서 힘을 빼려 한다. 그러나 온 몸이 곤죽이 되도록 채찍을 맞아도 아더왕의 자세는 겁먹고 비굴한 노예의 자세가 되지 않고, 결국 노예상인은 아더왕을 노예로서 팔 가망이 없어서 한 구매자에게 행크를 사면 아더왕은 끼워주겠다는 제안을 한다.

노예시장이 서는 런던에 도착한 날 밤, 행크가 천만 요행으로 입수한 철사로 손목에 채운 자물쇠를 풀고 노예상인과 사투를 벌이다가 체포되는데 밝은 데서 보니 상대가 노예상인이 아닌 엉뚱한 사람이었다. 그래서 행크는 자기가 어느 기사의 하인이라고 둘러대고

훈방되어 돌아와 보니 그 사이에 노예들은 노예상인을 죽이고 모두 잡혀가 처형을 기다리고 있었다. 행크는 자기가 기른 부하 클래런스에게 왕이 위험에 처했으니 500명의 기사가 달려와서 구조하게 하라는 전보를 친다. 그러나 곧 길에서 같이 끌려 다니던 노예 중의 하나가 그를 도망노예로 지목해서 다시 체포된다. 그를 잡을 때까지 미루었던 살인노예들에 대한 형 집행을 더 미룰 이유가 없어져서 그들은 모두 처형장으로 끌려간다. 구름 같은 인파가 모인 광장에서 노예가 하나씩 목을 매달리는데 기사들이 캐멀럿에서 런던까지 말을 달려오려면 빨라도 4시는 되어야 하는데 3시밖에 되지 않아서 행크는 속이 탄다. 두 명의 노예가 교수대에 달리고 세 번 째로 아더왕의 목에 밧줄이 걸리고 당겨지려는 순간, 500명의 반짝이는 갑옷을 입은 기사들이 랜슬롯을 선두로 은색 자전거를 타고 몰려온다. 자전거를 타고 왔기 때문에 한 시간이 당겨질 수 있었던 것이다. 거지의 옷을 입고도 자연스레 신하들의 경배를 받는 아더왕을 보면서 행크는 왕은 과연 다르다는 생각을 한다.

이 경험으로 아더왕은 모든 백성을 노예상태에서 해방시키겠다고 맹세를 하게 되고, 행크는 영국을 아더왕의 별세 후에는 보편선거에 의한 선출직 통치자가 통치하는 민주주의 국가이며 19세기 최선진의 기계문명을 누리는 선진국으로 만드는 작업을 계획대로 착착 진행시킨다. 그런데 행크에게 도전을 남기고 성배를 찾아 떠났던 기사 사가모어가 귀환을 하게 된다. 성배를 찾아서 영예의 귀환을 한 것이 아니고 동방에서 실종되어 탐색부대가 가서 구출해 온 것이었다. 행크는 그 사이에 중세의 무술을 연마하지 않았다. 그러나 도전을 거부할 수는 없는 사회였고, 또 기사의 세력을 꺾지 않으면 민주주의로의 전환이 불가능하기 때문에 도전을 받아들여 무술시합에 나간다.

토너먼트는 가사들이 두 진영으로 나뉘어서, 한 기사가 낙마하거나 부상을 입어서 (또는 죽어서) 더 이상 싸울 수 없을 때 그 편의 기사가 승자에게 도전해서 싸울 수 있는 형식이어서, 행크는 사가모어 한 명만 감당하면 되는 것이 아니라 사가모어를 응원하는 모든 기사를 감당해야 한다. 무술시합의 개막을 알리는 나팔이 울렸을 때 사가모어는 우람한 체격에 눈부신 갑옷을 입고 천리마를 방불케 하는 명마를 타고 경기장에 등장해서 우레와 같은 환호를 받는다. 그의 텐트 옆에는 동료기사들의 텐트가 줄지어 있다. 행크 편에는 행크의 텐트와 그의 시종들의 텐트, 단 두 개가 있다. 행크는 온 몸에 트레이닝 복 같은 것을 입고 날렵한 작은 말을 타고 입장해서 청중의 조롱을 받는다. 사가모어는 무서운 기세로 창을 꼬나잡고 달려나오고 행크는 그의 창이 그의 앞 15미터 정도 되는 곳에 이르렀을 때 살짝 말머리를 돌려서 창이 허공을 찌르도록 한다. 그리고 준비한 올가미밧줄을 빙빙 돌리다가 사가모어에게 단방에 올가미를 씌워서 말에서 끌어내린다. 다른 기사들이 한 명씩 그를 응원하러 나오지만 모두 행크의 올가미에 허망하게 낙마하고 만다. 나중엔 캐멀럿 최고의 기사 랜슬롯이 기사들과 청중의 요구에 응답해 응원하러 나오지만 그 역시 올가미밧줄에 대적하거나 피하는 무술을 알지 못해서 낙마하고 만다.

무술대회는 그것으로 결판이 나는가 했는데 마술사 멀린이 행크의 텐트에 들어와서 그의 안장머리에 걸린 올가미밧줄을 슬그머니 갖고 사라지고, 사가모어는 이번엔 검(劍)으로 행크와 대결을 하겠다고 한다. 이제 행크는 완전히 맨손인 것을 보고 아더왕은 무술시합을 중단시키고 싶지만 중세의 국민스포츠인 무술시합은 왕도 중단시키기 어려운 것이어서 마침내 개전신호를 보낸다. 행크는 칼을 치켜들고 달려드는 사가모어를 권총을 꺼내서 쏘아 심장을 관통하고, 동료기사가 마치 마법에 걸린 듯 상처도 없이 숨이 끊어지는 것을 본 기사들이 일제히 행크를 향해 달려나오고 행크는 쌍권총을 겨눠서 아홉 발을 발사해서 아홉 명의 기사를 더 죽인다. 행크의 권총은 6연발이어서 두발만 더 쏘면 총알이 소진될 것이고 그 후에 기사들이 한꺼번에 달려들면 행크는 기사들의 창칼에 무참히 도륙될 위기에 처하지만 동료 기사가 총소리와 함께 추풍낙엽처럼 시체가 되는 것을 보고는 용감한 기사들도 혼비백산, 산지사방으로 달아난다.

이제 영국에서 행크를 방해하거나 대적할 사람은 아무도 없고, 행크는 국민을 위한 개혁을 진행해서 철도를 가설하고 기계문명의 혜택이 일반국민에게도 미치게 하고, 기사들에게 기차의 차장 같은 새로운 권좌를 부여해서 민주화에 대한 기사들의 저항을 최소화한다. 그래서 랜슬롯 같은 최고의 기사도 철도회사의 여객전무가 되어 새로운 자리를 즐기며 운임의 반을 태연히 착복한다.

이렇게 모든 일이 잘 진전되던 중, 행크가 그곳에서 결혼한 아내 앨리샌드가 낳은 딸 헬로-센트럴이 기관지염을 심하게 앓다가 회복이 된 후에 프랑스로 아기를 위해 휴양을 가라는 권고를 받고 세 식구가 단란하게 프랑스에서 휴가를 즐긴다. 아기가 다시 아파서 며칠을 정신없이 보내다가 아기가 회복이 되어 정신을 좀 차리자 자신들이 영국으로 심부름 보낸 배가 돌아올 날을 훨씬 넘겨 돌아오지 않고 있다는 것을 깨닫게 된다. 행크가 즉각 영국으로 돌아가 보니 영국은 마치 죽은 자의 나라처럼 고요하고 생기가 없고 움직이는 것이 하나도 없다. 기차를 비롯해서 전화와 모든 운송·통신 수단이 정지된 상태였다. 행크가 영국을 비운 그 짧은 사이에 아더왕과 그의 수석 기사인 랜슬롯을 이간하는 세력에 의해 두 사람 사이에 전쟁이 일어나고 아더왕은 자기의 서자에 의해 살해되었다. 가톨릭교회가 행크가 침투시킨 이단종교(개신교)를 영국에서 박멸하기 위해서 전국에 성무정지령(interdiction)을 내려서 국민을 교회와 신의 분노에 대한 두려움에 떨게 만들어 전국이 죽음의 땅처럼 변해버린 것이었다. 행크는 억압적이고 전제적인 가톨릭 신앙과 가톨릭 교회를 몹시 싫어해서 은밀히 개신교 신앙으로 가톨릭교회를 대체하는 작업을 했는데 교회가 이를 탐지하고 행크를 계획적으로 프랑스로 보내놓고 아더왕과 그의 기사들 사이에 전쟁을 붙이고 왕좌가 빈 틈을 타서 교회가 영국의 유일한 지배자가 된 것이었다.

행크는 어쩔 수 없이 모든 기사를 죽이지 않으면 백성을 계급제
도에서 해방할 수 없다고 단정하고 멀린의 동굴을 요새 삼아 모든
기사들과의 결전을 준비한다. 3겹의 방어선을 구축하는데 1차는 고
압전류가 통하는 전선, 2차는 다이나마이트의 방어선, 3차는 기관
총 사격수였다. 1차의 고압전선과 2차의 다이나마이트 폭발에 의해
영국에 남은 3만 명의 기사 중 2만 5천명이 죽어 시체의 벽을 이루
었지만 행크는 그 가운데도 혹시 아직 생명이 붙어 있는 사람이 있
으면 살리려고 나갔다가 칼에 찔리고 그의 추종자들도 모두 2만 5
천 명의 시체가 내뿜는 악취와 부패 때문에 사멸한다. 그래서 민주
주의와 기계문명을 신봉하는 19세기의 미국인 양키가 암흑시대의
영국에 건설하려던 자유와 문명의 공화국은 시체 썩는 냄새와 함께
사라지고 만다.

이 작품은 19세기 미국인의 전형인 한 양키가 너무도 이질적인
중세의 기사도 문명과 조우하고 충돌한다는 엉뚱하고 재미있는 가
정으로 인해 익살스럽고 해학이 넘치는 작품이지만 작가의 메시지
는 혼란스럽다. 19세기 말에 당시 문명의 정점에 있던 미국인으로
서 중세의 문화수준을 비웃는 것은 식은 죽 먹기이고 공정한 게임
이 못 된다. 트웨인이 공격하려던 것은 물론 '기사도'이다. 트웨인이
기사도에 대해 유감을 가졌던 것은 월터 스콧의 기사도 소설들이
미국의 남부 농장귀족들에게 자신들이 현대의 기사들이라는 착각

을 불러일으켜 남북전쟁을 유발하고 남북의 반목을 영속화시키고 있다고 생각하기 때문이었다. 그러나 트웨인 자신도 소년시절에 월터 스콧의 중세소설들을 즐겨 읽었을 것이 분명하고, 맬러리의 《아더왕의 죽음》을 감동적으로 읽고 기사도에 매혹되었다는 사실은 트웨인 자신이 밝히고 있다.

따라서 사실상 작가 자신이 자기가 풍자의 대상으로 삼는 중세의 기사도에 대해서 흠모와 동경을 완전히 버리지 못했고, 그가 기사도의 대안으로 제시하는 19세기 미국의 인권과 민주주의, 그리고 기계문명에 대해서도 결코 단순한 긍지와 찬탄만을 느낀 것이 아니기 때문에 이 작품의 메시지가 혼란스러운 것이다. 트웨인은 물론 민주주의라는 제도와 아더왕의 시대 이후 1300년간 신장된 인권에 대해서는 긍지를 느꼈고 중세의 노예제도에 대해 격렬한 혐오를 느꼈지만 인류가 민주주의를 제대로 운용할 능력과 제대로 된 인권을 누릴 자격을 지녔는지에 대해서는 매우 비관적인 생각을 가졌었다. 사실 마크 트웨인의 해학과 냉소의 기저에는 그런 인간에 대한 부정적인 시각, 감정이 깔려 있다. 이 작품을 쓰게 된 계기는 트웨인이 당대 영국의 대표적 지성인으로서 시인이며 사회평론가였던 매튜 아놀드의 율리시즈 그랜트 미국대통령의 자서전에 대한 평에서 드러나는 미국인에 대한 경멸적 감정에 대한 분노였다고 한다.

그러나 트웨인이 6세기 영국의 민도를 형편없이 낮은 것으로 '폭로'하고 아더왕의 기사들의 대부분을 무식하고 무지막지한 무뢰한들로 그렸고 찬란해 보이는 갑옷은 견딜 수 없이 무겁고 불편한 가마솥 같은 것으로 그렸지만 아더왕은 기품과 위엄이 뛰어나고 랜슬롯은 경탄할 만한 용맹과 의협심과 인정을 가진 진정한 기사로 그렸다. 아마 아더왕과 랜슬롯까지 무뢰한으로 격하하는 것은 독자의 반발이 두려워서라도 트웨인으로서도 감히 할 수 없는 것이고 트웨인 자신의 심경도 그것을 참아낼 수 없었을 것이다.

《무사도: 일본의 영혼》

우리는 이토 히로부미(伊藤博文)를 조선 침탈의 제일 원흉으로 알고 있고, 그것은 사실이지만 니토베 이나조 역시 그 못지않은 조선 침탈의 원흉이다. 그가 조선에 대해 적대 행위나 발언을 한 일이 있는지는 알려지지 않았지만 그는 우아하게, 펜대를 놀려 작은 책자 한 편을 써냄으로써 우리가 일본의 속국으로 전락하는 데 막대한 역할을 했다. 그가 1899년에 벨기에에서 출간한 《무사도: 일본의 영혼(Bushido, the Soul of Japan)》은 그가 오랫동안 쓰려고 별렀던 책은 아니다. 그가 벨기에에 체류하는 동안 그가 손님으로 머물렀던 집 주인인 어느 법률가이자 교수가 "일본에서는 학교에서 종교를 가르치지 않는다니 그러면 어떻게 도덕을 가르치느냐?"고 놀라서 물은 것이 집필을 촉발한 책이다.

일본이 도덕국가임을 옹호하기 위해서 저술한 이 책에서 그는 무사도를 고결함을 넘어 성스러운 것으로 미화했다. 도쿠가와 막부기간 중에는 무사의 횡포가 어느 정도 제어가 되었지만 전국시대까지의 무사들의 끝 모를 포악함, 잔인함, 무지막지함은 전혀 암시조차되어 있지 않고, 무사는 중세 서양 '기사'의 모든 아름다운 점에 더

해서 시적인 감수성과 학문적 소양과 진중함과 관후함을 겸비한 사람으로 제시했다. 니토베의 주장에 의하면 무사는 일본의 수많은 전란을 통해서 목숨에 대한 집착을 비롯한 사적인 욕망이나 욕심을 모두 떨쳐내었고 오로지 충성과 의리를 위해 사는 사람이다. 또한 무사는 힘이 있기 때문에 약한 사람에 대한 연민이 있고 예의를 아는 사람이다. 무사들의 깊고 섬세한 정감은 무사들이 지은 여러 편의 시가 잘 말해주고 있다. 무사들은 아들들의 담력을 키우기 위해서 어릴 때부터 한밤중에 사형장에 가서 베어진 목에 표시를 하게 하거나 무시무시한 묘지에서 또래들과 함께 모여서 밤을 새우게 하고 겨울에는 눈길이나 얼음 위를 맨발로 걷게 했다고 한다. 그래서 무사는 더할 나위 없이 강인하고, 어떠한 위기에도 눈 깜짝하지 않는 태연함과 담대함을 지닌다. 무사의 의리는 억울하게 죽은 주군을 설욕하기 위해 근 2년을 물샐틈 없는 계획을 세워 주군의 복수를 하고 장엄하게 자결한 '47인의 로닌'의 일화가 잘 말해주고 있고, 그 관후함은 전국시대에 숙적이었던 두 다이묘(大名: 領主) 다케다 신겐과 우에스기 겐신이 전쟁에서는 치열하게 싸우지만 또한 신사다운 서로에 대한 존중과 물자적 원조조차 행했던 일화가 보여준다고 주장한다. 무사의 용기는 부친의 도쿠가와에 대한 타도 시도로 인해 할복을 명령받고 서로 격려하고 독려하며 꽃잎처럼 져간 스물넷, 열 일곱, 여덟 살 세 형제의 일화가 너무도 애틋하게 증명해 주고 있다고 한다.

니토베는 일본의 무사도를 무사가 거듭된 전란을 통해 체득한 견인적(堅忍的)인 침착함에 유불선의 인도주의와 정신력이 결합된 것으로 설명했다. 이 책이 수많은 사람에게 설득력을 갖고 일본의 무사도에 대한 환상을 갖게 한 것은 니토베의 유려한 문체와 동서고전-현대를 넘나드는 역사, 철학, 문학적 소양이다. 그는 무사도의 어떤 면모나 이념을 예시하거나 대비하기 위해서 동양의 성현은 물론 성서와 셰익스피어, 아리스토텔레스, 비르길리우스, 데카르트, 니체, 세르반테스, 비스마르크, 칼라일 등 문인, 사상가, 작가들은 물론 별로 알려지지 않은 군소작가의 작품에서까지 아주 적절한 대목을 인용해서 설득력을 높이고 동시에 그의 박학함에 대한 경탄을 일으킨다. 일본의 하이쿠와 단카의 애절한 구절을 군데군데 흩뿌리는 것을 잊지 않은 것은 물론이다. 박학하고 정감이 깊어 보이는 저자의 말이 권위를 갖게 되는 것은 당연한 일. 독자들은 그가 '창조'한 너무도 멋진 일본무사의 환상에 즐겁게 빠져본다.

니토베가 제시하는 무사상은 틀림없이 일본의 역사에 또는 전설에 근거한 무사상일 것이다. 1,000년을 무사가 지배한 나라였으니 훌륭하고 숭고한 무사가 풍성히 배출되었을 것은 의심할 여지가 없을 것이다. 그러나 그는 실제 일본 역사가 너무도 생생히 보여주는 무사의 잔인무도함, 무지막지함, 자동인형적인 성격은 모두 배제했다. 어떤 주제에 대해서 1%의 예만을 선택적으로 제시하고 99%의 압도적인 상반된 예는 암시조차 않는다면 1%의 예가 모두 진실이라 하더라도 그 글은 명백한 허위이며 사기가 아닌가? 일본 무사의 충성이 독자적인 윤리적 주체의 숭고한 결단이기 보다는 사육된 동물의 본능과 같은 것이라는 고찰은 물론 없다. 니토베 자신이 그런 면모를 알지 못해서일 리는 없는데 그는 자기 나라를 돋보이게 하기 위해서 진실을 은폐하고 왜곡했다. 서양인들에게 끔찍하게 잔인하고 고통스러운 자결방법으로 비쳤던 할복(割腹: seppuku)을 엄청난 강인함과 용기의 표상으로 미화함으로써 무수한 무사들을 명예로운 죽음이라는 허울의 제물이 되게 했던 잔혹사도 은닉했다. '전국 제일의 무사'가 되려는 명예욕은 서로 원한관계는 물론 안면조차 없는 무사들이 서로 도전을 해서 죽고 죽이게 만들었다는 사실도 물론 언급하지 않았다. 일본의 무사는 서민들에 대한 생사여탈권을 가져서 평민이 자기에게 불량한 눈길을 보내기만 해도 단칼에 베어버릴 수 있었고 백성의 생명을 어찌나 하찮게 여겼던지 칼이 그들의 밥줄이고 그들의 위상과 권력의 근원이었던 무사들이 새로 손에 넣은 칼을 시험하고 싶어서 새벽에 십자로에서 기다리다가 농부가 지나가면 단칼에 베어서 칼의 성능을 시험해 보았던 소위 '주지기리'(十字切)에 대해서는 침묵했다. 또한 끊임없는 일본의 전란의 역사 속에서 이상적인 무사의 상(像)이 형성되기는 했으나 '무사도'가 계율로서 제정된 것은 도쿠가와 막부시절부터였고, 이는 계략가인 도쿠가와가 혈기가 넘치는 무사들을 순치하고 손발을 묶어서 막부체제에 위협이 되지 못하게 하기 위해서였다는 사실도 외면하고 있다. 무사도를 존엄하고 숭고할 뿐 아니라 애절하고 아름다운 것으로 제시한 것은 당시 일본에 대해서 호기심이 피어나던 서양에 일본에 대한 호감을 크게 고양시키는 효과를 가져왔다. 이 책의 저술은 일본에 대해서는 엄청난 애국행위였겠지만 우리나라에는 처참한 피해를 주었다. 이 책이 무인기질을 숭상하던 당시의 테오도어 루즈벨트 미국 대통령에게 알려져 그는 이 책을 읽고 크게 감명을 받아서 수십 권을 구입해서 지인들에게 나눠주었다고 한다.[03] 이는 예사로운 일이 아니었던 것이 테오도어 루즈벨트가 일본을 문명국이고 정신문명과 인도적 가치가 지배하는 나라라고 생각한 것이 1905년에 우리나라의 운명을 일본에게 맡기다시피 하는 태프트-가쓰라 조약(Taft-Katsura Agreement) 체결의 한 (필자의 생각에는 매우 중요한) 요인이 되었을 것이기 때문이다. 어느 사회의 이상형이든 간에 그 이상적인 면모만 뽑아서 추린다면 정말 인간을 찬양하고 인생을 찬송하게 만들 수 있는 것이지만 어떠한 이상도 온전히 구현된 이상은 없었고 언제나 그를 빙자한 수많은 악과 위선을 동반했음을 정직하게 인정해야 한다. 그것이 그 이상을 발전적으로 계승하는 출발점이 될 것이다.

03   Cf. Preface to the tenth and revised edition, p.6.

Anon. *Beowulf: A Prose Translation* Trans. David Wright. Middlesex, England: Penguin, 1957.

Austen, Jane. *Emma*. New York: Norton, 1972.

_____. *Mansfield Park*. New York: Norton, 1998.

_____. *Northanger Abbey*. New York: The New American Library, 1965.

_____. *Persuasion*. New York: Norton, 1994.

_____. *Pride and Prejudice*. New York: Norton, 2001.

_____. *Sense and Sensibility*. New York: Norton, 2001.

Bronte, Charlotte. *Jane Eyre*. New York: Norton, 1971.

Bronte, Emily. *Wuthering Heights*. New York: Norton, 1971.

Burnett, Eliza Hodgson. *Little Lord Fauntleroy*. Middlesex, England: Viking Penguin Inc. Puffin Classics. 1986.

Burney, Fanny. *Evelina*. New York: Norton, 1965.

Caesar, Julius. *The Gallic War*. Trans. H. J. Edwards. London: William Heinemann, 1970.

Carlyle, Thomas. *Past and Present*. London: J. M. Dent, 1970.

Castiglioni, Baldassare. *The Book of the Courtier*. New York: Norton, 2002.

Cervantes, Miguel de. *Don Quixote de la Mancha*. Trans. Charles Jarvis. Oxford: Oxford University Press, 1998.

Chaucer, Geoffrey. "The Knight's Tale." *The Canterbury Tales*. Translated into Modern English by Nevill Coghill. Middlesex, England: Penguin, 1985, pp.42-102.

Chaucer, Geoffrey. "The Wife of Bath's Tale." *The Canterbury Tales*. Translated into Modern English by Nevill Coghill. Middlesex, England: Penguin, 1985, pp. 299-310.

Checkov, Anton. *Three Sisters*. in *Modern Drama: A Norton Critical Edition*. ed. Anthony Caputi. New York: Norton, 1966. pp. 75-126.

Eliot, George. *Adam Bede*. New York: The New American Library, 1961.

_____. *Daniel Deronda*. Middlesex, England: Penguin, 1996.

_____. *Middlemarch*. New York: Norton, 1977.

_____. *The Mill on the Floss*. New York: Norton, 1993.

Forster, E. M. *A Passage to India*. Middlesex, England: Penguin, 1967.

Gaskell, Elizabeth. *North and South*. Middlesex, England: Penguin Books, 1995.

_____. *Cranford*. Oxford: Oxford U. Press, 2008.

Hardy, Thomas. *Tess of the D'Urbervilles*. New York: Norton, 1979.

Hughes, Thomas. *Tom Brown's Schooldays*. Oxford, England: Oxford U. Press, 1999.

Ibsen, Henrik. *A Doll's House. Types of Drama: Plays and Essays*. fifth edition. Ed. Sylvan Barnet, et al. Glenview, Ill.: Scott, Foresman & Co., 1989, 17-50.

Johnson, Samuel. "The Letter to Chesterfield." quoted in *The Life of Samuel Johnson, LL.D. The Norton Anthology of English Literature*, Vol. I, Fifth Edition, ed. M. H. Abrams, et al. New York: Norton, 1986. pp. 2445-46.

Joyce, James. *A Portrait of the Artist as a Young Man*. New York: Norton, 2007.

_____. *Ulysses*. New York: Knopf, 1997.

Lamb, Charles. "Modern Gallantry." *The Essays of Elia and the Last Essays of Elia*. Garden City, New York: Doubleday, pp. 121-125.

Lawrence, D. H. *Women in Love*. Middlesex, England: Penguin, 1960.

Machiavelli, Niccolo. *The Prince*. Middlesex, England: Penguin, 1966.

Malory, Sir Thomas. *The Morte Darthur*. ed. D. S. Brewer. Evanston, Ill.: Northwestern

University Press, 1968.

Mill, John Stuart. *The Collected Works of John Stuart Mill*, vol. XXI. Ed. J. M. Robson. Toronto: U of Toronto Press, 1984, Appendix E.

_____. *The Subjection of Women. On Liberty and The Subjection of Women*. London: Penguin, 2006, pp.131-243.

Mitchell, Margaret. *Gone With the Wind*. New York: Macmillan, 1964.

Nitobe, Inazo. *Bushido, the Soul of Japan*. Middlesex, England: The Echo Library, 2006.

Oliphant, Margaret. *The Curate in Charge*. Gloucester, England: Alan Sutton, 1985.

Orwell, George. "Shooting an Elephant." *The Norton Reader*. Sixth Edition. New York: Norton, 1984. pp.782-88.

Radcliffe, Ann. *The Italian, or, The Confessional of the Black Penitents: a Romance*. Oxford and New York: Oxford University Press, 1981.

Richardson, Samuel. *Pamela: or, Virtue Rewarded*. New York: Norton, 1958.

_____. *Clarissa: or, the History of a Young Lady*. Boston: Houghton Mifflin, 1962.

Spencer, Edmund. *The Faerie Queene. Poetry of Edmund Spencer*. New York: Norton, 1992.

Steele, Richard. "The Gentleman, the Pretty Fellow" (Tatler 21). *The Norton Anthology of English Literature*, Vol. I, Fifth Edition, ed. M. H. Abrams, et al. New York: Norton, 1986. pp.2183-84.

_____. "Duelling" (Tatler 25), New York: *The Norton Anthology of English Literature*, Vol. I, Fifth Edition, ed. M. H. Abrams, et al. New York: Norton, 1986. pp.2184-86.

Smollett, Tobias. *The Expedition of Humphrey Clinker*. New York: Norton, 1982.

Tennyson, Alfred Lord. *In Memoriam A. H. H.* in *Poems of Tennyson*. Ed. Jerome H.

Buckley. Boston: Houghton Mifflin, 1958, pp.178-259.

Thackeray, W. M. *Vanity Fair.* New York: Norton, 1994.

Trollope, Anthony. *An Autobiography.* London: Oxford University Press, 1980.

Twain, Mark. *A Connecticut Yankee in King Arthur's Court.* New York: New American
      Library, 1963.

Wharton, Edith. *The Age of Innocence.* New York: Norton. 2002

_____. *The Buccaneers.* An Amazon Kindle Book.

_____. *The House of Mirth.* New York: Norton, 1990.

Wollstonecraft, Mary. *A Vindication of the Rights of Woman.* New York: Norton, 1975.

浜渦哲雄. 《英國紳士の 植民地統治》東京: 中央公論社, 1991.

석학人文강좌 42